昼下がりのスナイパー　危険な遊戯

愁堂れな

幻冬舎ルチル文庫

CONTENTS ✦目次✦

昼下がりのスナイパー　危険な遊戯

✦カバーデザイン＝高津深春（CoCo.Design）
✦ブックデザイン＝まるか工房

イラスト・奈良千春✦

昼下がりのスナイパー　危険な遊戯

1

我が『佐藤《さとう》探偵事務所』はイエローページやホームページで『もと警視庁捜査一課の刑事があなたの悩みを解決します！』と、俺の前職を全面的に打ち出し宣伝している。

結構この『警視庁の刑事』というのはクライアントの心に響くらしく、それを理由に依頼を持ち込まれるケースも多々あるのだが――そして、俺がその『警視庁捜査一課のもと刑事』だとわかると、かなりの確率で「また来ます」となるケースも多々あるのだが――俺の以前の『肩書き』目当てでなく、『俺』目当てでやってきたというクライアントは初めてだ、と目の前のいいとこの奥様風のご婦人をまじまじと見やった。

美人、といって十人が十人賛成するであろう整った顔立ちをしている。着用しているフェミニンなスーツはおそらくシャネル。バッグもシャネルだったが、大きくロゴは入っていない。年齢は三十代半ばくらいか。確かに美人なのだが、顔に険があるこのご婦人が事務所に入ってきて開口一番問いかけた言葉が、

「ここに佐藤大牙《たいが》さんという探偵はいますか？」

だった。名指しか、と驚き、つい容姿を観察しつつも「はい、います」と答えると、ご婦

人は再び口を開いた。

「あなたが佐藤大牙さん？」

「はい」

頷《うなず》くと婦人は、うさんくさげな目で俺を頭の先からつま先までざっと見下ろし、問いを重ねてきた。

「……あなたが警視庁捜査一課のもと刑事さん？」

「ええ、そうですが……」

この時点で俺は、この上品そうなご婦人が俺の名をなぜ知っているかはさておき彼女が依頼を取り下げるのではないかと予測していた。

が、ご婦人の反応は俺の予想の斜め上をいくものだった。

「警視庁捜査一課で鹿園祐二郎《しかぞのゆうじろう》と同期だったというのは、あなたということでいいのね？」

「え？」

突然出てきた鹿園の名に驚いて婦人を見る。と、婦人は少し苛《いら》ついた素振りで、俺に確認を取ってきた。

「どうなの？」

「……あ、はい、それはそうなんですが……」

しかしなぜ、鹿園が関係してくるのか、と首を傾《かし》げつつ頷くと、婦人は更に驚くべき言葉を口にし、俺に大声を上げさせた。

「申し遅れました。わたくし、鹿園祐二郎の兄、鹿園理一郎《りいちろう》の妻です。今日は夫の浮気調査の依頼に参りましたの」

「ええーっ？？？」

仰天し、雄叫《おたけ》びといっていい声を上げてしまったのは、予約時に彼女が告げた名前がまったく違うものだったためもあった。

「九重《ここのえ》というのは旧姓ですの」

俺の頭の中を読んだかのようなことを言い、頷いた彼女が鹿園の義理の姉——警察庁刑事局次長の妻というのはマジなのか。そして彼女の依頼内容が、鹿園の兄の浮気調査というのはマジなのか、と俺は激しい動揺を収めようと必死になっていた。


俺、佐藤大牙は、兄の開いた探偵事務所『佐藤探偵事務所』勤務で、浮気調査やら、いなくなったペット探しやらの仕事に明け暮れている探偵だ。

前職はさっきも言ったが警視庁捜査一課の刑事であり、今話題に出ている鹿園祐二郎というのは俺の警察学校の同期である。

父親は大物代議士、兄は警察庁刑事局のお偉方という、とてつもなくお坊ちゃまな彼と――因《ちな》みに、容姿も端麗、学力スポーツ共に万能という、鹿園本人もまるで漫画や小説に出てくるようなパーフェクトな人間である――至って平々凡々、庶民中の庶民の俺とはなぜか気が合い、三年前に俺がとある事情で警察を辞めたあとも付き合いが続いている。

続いているどころか、多忙なはずであるのに鹿園は、三日と空けずにこの事務所を訪れては、頼んでもいないのに料理を作ってくれたり、掃除をしてくれたりと、俺の世話を焼きまくってくれる、親切を通り越して少しうざったくもある友人だ。

どんなに断っても来てくれることから、よほど家事が好きなんだろうと思い放置しているのだが、東京都民のためにはウチの冷蔵庫の中身の賞味期限を気にするよりも業務に邁進《まいしん》してもらいたいと思わずにはいられない。

ともあれ、そうも友情に厚い彼の兄の妻――義理の姉が、俺と鹿園の関係を知りながらにして、その鹿園兄の浮気調査をしてきたというのか。

その意図は一体どこに――？

わけがわからないと、ほぼパニック状態に陥っていたものの、ようやく落ち着きを取り戻しつつあった俺は、まず話を聞いてみようとクライアントを――鹿園の義姉を真《ま》っ直《す》ぐ見返し問いを発した。

「失礼しました。ご主人の浮気調査とのことですが、鹿園の――失礼、弟さんの知人である私に依頼される理由をお聞きしてもよろしいでしょうか」

　この探偵事務所の経営者である兄や大家の春香《はるか》から、もと刑事とは思えないとよく呆《あき》れられるが、腹芸の類《たぐい》は一切苦手だった。

　それゆえストレートに問いかけたのだが、鹿園の義姉はそんな俺に対し、面倒臭そうに一言、こう答えた。

「別に。探偵事務所を探す手間を省いただけよ」

「……それは……」

　鹿園から俺のことを聞いていたということだろうか、と更に確認を取ろうとした俺の言葉を、彼女のどこか居丈高に感じる声が遮る。

「ですから、余所《よそ》にお願いしてもよかったの。どう？　お引き受けいただけるかしら？」

「…………はあ……」

　彼女の言動にはカチンときたものの、余所に依頼を持っていかれることは避けねば、と忸《じく》怩《じ》たる思いを抱《いだ》きつつも俺は彼女に頷いてみせた。

「お引き受けいただけるのね？」

　またも腹芸のできなさを発揮した俺の態度が、あまりに不本意そうだったためだろう、鹿園義姉が確認を取ってくる。ここで彼女の機嫌を損ねれば『やっぱり余所に』と言いだしかねない、と俺は精一杯の愛想笑いを浮かべ、大きく頷いてみせた。

「勿論《もちろん》です。当探偵事務所をお選びくださりありがとうございます。大変光栄です」

「おべんちゃらはいいわ。主人の経歴などは今更言うまでもないわね」

鹿園も、そして何度か会ったことのある彼の兄も、エリート中のエリートにもかかわらず、実に腰の低い、温厚な性格であるのだが、義姉は酷《ひど》く高飛車だった。

しかし、本当に夫が浮気しているのだとしたら、まあ、苛つく気持ちもわかる、とむっとしそうになる自分の狭い心を叱《しか》りつつ、最大限の愛想の良さを発揮すべく気力を総動員させ、俺は彼女と向かい合った。

「はい、存じています。警察庁刑事局次長でいらっしゃいますね」

「年齢もわかってる？」

「はい、四十一歳でしたね」

俺と鹿園が同い年であり、鹿園から兄は十歳上、と聞いていたので即答すると、義姉は初めてここで笑顔を見せた。

「さすがに話が早いわ。やはりここに決めてよかった」

「ありがとうございます」

愛想笑いを浮かべた俺に、義姉は満足そうに頷き返すと、鞄から封筒を取り出し、すっと俺の前に置いた。

「手付け金です。夫の浮気の証拠を摑《つか》んできたときには成功報酬を支払います。できるだけ急いでほしいの」

「あの、一応規定料金というのがあるのですが……」

目の前に置かれた封筒は分厚く、これが全部千円札じゃなければ——とても彼女がそんな酔狂な真似をするわけがないとは思ったが——軽く五十万はありそうだった。

それじゃ、成功報酬を入れてもまだ多い、と封筒をそっと押し戻そうとしたのだが、義姉は俺の言葉など聞いちゃいなかった。

「一昨日《おととい》の夜、帰宅した夫の服に長い髪の毛がついていたの。その日は特に遅くなるという連絡はなかったのに、家に帰ってきたのは深夜二時頃だったわ。それで気になり、夫の携帯をチェックしたの」

さも当たり前の行為のように告げているが、夫婦とはいえ携帯を盗み見るのは、プライバシーの侵害になるだろう。なんてことを考えていることをおくびにも出さず、俺は義姉の話に、うんうんと相槌《あいづち》を打っていた。が、続く義姉の言葉には驚いたあまり、思わず大きな声を漏らし、話を遮ってしまったのだった。

「私の知らない女性の名前で、二十日にホテルで会いたいというメールが入っていたの。ペニンシュラホテルのラウンジで待っていると。夫の返事も確認したわ。彼、行くと打っていたわ」

「本当ですか⁉」

俺にはどうしても、鹿園の兄が浮気をするような人物とは思えなかった。そのためついその言葉が漏れてしまったのだが、それを聞いて義姉の機嫌は一気に悪化したようだった。

「なぜ私が嘘をつく必要があるのよ？　真実だからこそ、こうして浮気調査の依頼に来たんでしょうが」

「た、大変失礼しました。奥様が嘘をつかれていると思ったわけでは勿論ありません」

慌てて詫《わ》び、話の続きを促すと、義姉はまだむっとしたままではあったが、詳細を告げ始めた。

「二十日の——明日の午後七時に、ペニンシュラのラウンジで待ち合わせるということだったわ。相手の名前は『美姫《みき》』。アドレスも控えておいたわ」

言いながら義姉が、ぺらりと一枚のメモ用紙を俺に差し出す。

「……ありがとうございます」

なんとも用意周到、と思いながらも俺は礼を言い、アドレスを見やった。miki のあとには生年月日らしい数字が並んでおり、ドコモの携帯のドメインだった。

「夫が浮気をしているという、動かぬ証拠をお願い。相手の素性がわかれば尚《なお》いいわ」

義姉はそこまで言うと、話は終わったとばかりに立ち上がった。

「あの、すみません、これは多すぎますので」

慌てて俺も立ち上がり、封筒を返そうとしたのだが、義姉は決して受け取りはしなかった。

「あなたもご存じのとおり、警察キャリアの年俸は高いのよ。お金に糸目はつけないわ。夫の浮気の証拠を少しも早く、揃《そろ》えてちょうだい」

お願いね、と最後まで高飛車な態度を崩さず、鹿園の義姉は事務所を出ていってしまった。

「…………お願いね、って言われてもな……」

分厚い封筒を開けてみると、俺の読みどおり中にはきっちり五十万円、ピン札で入っていた。

金を受け取ったからには依頼を受けねばならない。当たり前のことであるのに、どうも二の足を踏んでしまうのは、捜査対象である鹿園兄が浮気をするような人物とはやはり思えないからだ。

人格者であるという評判もあるし、実際会った感じもその評判を裏切らない人当たりのよさだった。

まあ、人当たりがよかろうが、人格者だろうが、ついよろめいてしまうことはあるだろうが、将来警察庁のトップともなり得べしといわれている彼が、浮気などするだろうか。

弟の鹿園も決して軽はずみな行動を取らない。それは彼もまた警視庁幹部になることが約束されている男だからだろう。若い頃に俺たちがいくら合コンに誘おうが、絶対に参加しようとしなかった。

親が著名な政治家である上に、兄は刑事局次長とエリート、となると、鹿園に色目を使う女は俺の知る限り、両手両足の指を折っても数え足りないほどの人数がいたが、そんな女性たちに鹿園は一切目をくれず、プライベートの殆《ほとん》どの時間を俺と共に過ごしていた。

弟がそこまで思慮深いのに、兄が、浮気、そして離婚という、キャリアにとっては不名誉な展開に、敢《あ》えてその身を置くだろうか？

置かないよなあ、と思ったときには、俺は携帯を取り出していた。呼び出した番号はこの探偵事務所の大家、春香で、相当暇らしい彼はワンコールもしないうちに応対に出てくれた。

『なによ、トラちゃん』

番号で俺からだとわかったのだろう、ぶすっとした口調で喋《しゃべ》りかけてきた彼の機嫌はそうよくないらしい。恋人の君人《きみと》と喧嘩でもしたのかな、と案じながらも俺は、またも彼の人脈を頼りにさせてもらおうと猫撫《ねこな》で声を出した。

「春香さん、お忙しいところ悪いんだけど、麻生《あそう》さんと連絡とってもらえないかな。至急話を聞きたいことがあるんだけど」

『恭一郎《きょういちろう》と？　そんなの、トラちゃん、あんた、直接電話しなさいよ』

いかにも面倒くさそうに春香が言い、今にも電話を切ろうとする。

「それが至急なんだ。春香さん、頼む！　このとおり！」

麻生恭一郎というのは、業界では知らない人はいないといわれる著名なルポライターだった。春香とは自称『カマカマネット』で繋《つな》がっており、彼の頼みであれば、目の前で半ズボンの少年が転びでもしないかぎり――麻生は筋金入りのショタ、かつネコなのだ――来てくれる。

因みに春香は、名前に似合わぬ百八十センチを越える長身の、スキンヘッドのオカマであり、今は二十歳《はたち》の美青年と同棲《どうせい》中である。

『あんたね、人にもの頼みたかったら、今月の家賃、とっとと払いなさいよね』

痛いところを突いてきながらも、基本的にはハートフルなオカマである春香は、

『恭一郎に連絡とればいいのね』

と俺の頼みを引き受けてくれた。

「ありがとう、恩に着る」

『恩に着るなら家賃払いなさい』

悪態はついたものの、春香はすぐに麻生に連絡してくれたらしい。電話を切った一分後に、再び春香から携帯に連絡が入った。

『三十分で来るそうよ』

「ありがとう」

わざわざ麻生の到着時間を連絡してくれるとはありがたい、と俺は心の底から感謝の念を抱いていたのだが、三十分後に事務所のドアを叩いたのは麻生だけではなかった。

「トラちゃん、何よその顔は。あんた、アタシをパシリに使おうとしたわけ？」

麻生と共に事務所に現れた春香が、一瞬だけ面倒くさいな、という表情を作ってしまった俺にしつこく絡んでくる。

この『トラちゃん』というのは、彼しか呼ばない俺のあだ名で、『大牙』↓『タイガー』↓『虎』と連想したものらしい。

因みに春香が鹿園につけたあだ名は『ロシアン』だったが、これは、『鹿』↓『ディアハンター』↓『ロシアンルーレット』と、説明されても、よくわからない、としかいいようがないものだった。

「いや、そういうわけじゃ……」

物凄《ものすご》い迫力で迫ってくる彼を適当にいなしながらも俺は、超がつくほど多忙であろう麻生に早速話しかけた。

「麻生さん、いつもすみません。もしも情報を握ってらっしゃるのならお話を聞きたいと思って」

「あら、なに？　てか、凌駕《りょうが》は？　また失恋旅行にでも出かけたの？」

本題に入ろうとしていたというのに、またも麻生の一言で話は明後日《あさって》の方向へと向かってしまうこととなった。

「失恋旅行じゃないわよ。今度は自分探しの旅ですって」

春香がいかにも意地悪そうにそう言い、鼻で笑う。兄の凌駕と春香は同級生なのだが、長年春香はやはりゲイである俺の兄に、恋人を奪われまくっていた。

兄は弟の俺が言うのもなんだが、三十八歳とはとても見えない——本当に二十歳そこそこにしか見えないので、俺のほうが年上だと間違えられることが多々あった——華奢《きゃしゃ》な美少年風の容貌《ようぼう》をしており、彼がその気になって落ちない男は君人と会うまでゼロだったという。

決して悪人ではないのだが、兄は人のものをすぐ欲しがる我儘《わがまま》な一面を持っていた。それで春香は彼氏を取られまくっていたのだが、君人のみが兄の誘惑に屈しなかったとのことで『真実の愛を教えてくれた』と兄には感謝しているらしい。

まあ、春香の性格そのものが面倒見がいいナイスガイであることと、兄が人の彼氏は取りまくるがなんとも庇護《ひご》の手を差し伸べたくなるようないい性格をしているため、二人の友情は続いているのだろう。

君人以外、これと思った男を落とし続けている兄なのだが、いかんせん、非常に飽きっぽい。付き合い始めの頃は傍《はた》で見ていられないほどの熱烈ラブラブぶりを発揮するのだが、すぐに飽きてしまい、そうすると自分が飽きたくせに『ふられたー』と泣きながら飛び出していってしまう。今やその『失恋旅行』が趣味と言われるほどに旅行がちである彼だが、旅行先ではちゃっかり新しい彼氏を見つけ、絵葉書をくれる律儀な面が、人に嫌われない要因の一つなのかもしれない。

麻生と兄は、それぞれ好きになるタイプがまったくかぶっていないため、彼氏がらみのいざこざは今まで一度もないとのことで、そこそこ仲良くやっている。が、己の恋が報われる可能性の低い麻生にとって――半ズボンが似合う少年に抱かれたいという彼は、なかなか茨《いばら》の道を歩んでいるのである――会ったその瞬間から相手の心をとらえる兄はむかつく存在であるらしく、意地悪モードになることがままあった。

「なによ、自分探しって。あと二年で不惑の年だっていうのに、まだ自分を探せてないのかしらね～」

今日もまた、兄は不在であるというのにそんな意地悪を言った麻生に、

「違うわよ」

と春香もまた意地悪発言をする。

「あいつ、また懲りずに君人にちょっかいかけて、手ひどく振られたのよ。その腹いせに飛び出したってわけ」

「ばっかじゃないのお？　何回失敗してると思ってんのかしらね」

麻生が心底呆れた声を上げ、オカマ二人のトークは兄絡みで盛り上がっていった。

「君人が春香しか目に入ってないなんてこと、誰が見てもわかるじゃんねえ」

「それがわからないのが凌駕じゃない」

「ああ、顔は可愛いけど頭も尻も軽いしねえ」

意地の悪さ全開のオカマトークではあるが、片やスキンヘッドで筋骨隆々、片やライダー

スーツが見惚《みと》れるほどにかっこいい、やはり筋骨隆々のイケメン二人——麻生も物凄いイケメンだが、春香もまた、顔立ちは物凄く整っているのだ。喋りさえせず、そしてメイクもしていなければ、男性誌の人気モデルに引けを取らないといっても通る美形なのだった——が語り合っている姿はある意味壮観、ある意味非常に勿体《もったい》ないものがある。

その上話題が不肖の兄のことであるのもまた、聞いているのがいたたまれず、俺は盛り上がる二人におそるおそる、

「あのー、そろそろ、いいでしょうか」

と声をかけ、話題転換を試みた。

「あら、なに？　大牙ちゃん、いたの？」

「そうそう、急用って言ってたじゃない。なによ、早く言いなさいよ」

麻生が、そして春香が、まるで、できない子を見るような目を俺に注ぎながらそれぞれ声をかけてくる。『急用』だけど話ができなかったのは誰のせいだよ、と思いつつも、それを言えばまた話が俺への駄目出しという明後日方向に行くとわかっていたので、彼らに本題を持ち出した。

「麻生さん、鹿園の兄についてなんだけど、何か情報持ってないかな？」

「ええっ!!　マイスイートがどうしたの？」

途端に麻生の声が二オクターブくらい上がり、両掌を胸の前で組むという乙女のポーズに

なる。

しつこいようだが、男の俺でもくらりとくるほど苦み走ったいい男の彼に、こんな格好は似合わない、と心底勿体なく思いつつも、俺は、

「いや、鹿園本人じゃなく、彼の兄についてなんだけど……」

と、改めてそう、言い直した。

「なんだ、マイスイートのことじゃないの」

あからさまにがっかりしてみせた麻生が鹿園を『マイスイート』と呼ぶ理由はただ一つ、想像どおり、彼が鹿園に気があるためだ。

正確には現在の鹿園ではなく、少年時代の彼に対し恋心を抱いているのだが、時を越えた恋心を持つようになった理由は、偶然見た半ズボン姿の幼い鹿園が、麻生の理想のど真ん中だったことによる。

「マイスイートの兄って警察庁刑事局次長だっけ？　名前は鹿園理一郎」

やる気は失っていそうだったが、さすが麻生、鹿園の兄についてのデータはしっかり持っていた。

「さすがですね」

お世辞じゃなくそう感心すると、麻生は「まあね」とにやりと笑ってみせた。

「マイスイートの家族のことですもの。そりゃ調べるわよ」

将来お付き合いができるかもしれないし、という彼の言葉に打つ相槌を迷った俺は、気づかぬふりをし話を続けることにした。

「その理一郎さんなんですが、最近浮気してるとか、そういう噂、入ってきてませんか？」

「えー、警察庁のお偉方が浮気？　そりゃスキャンダルじゃないの」

麻生が答えるより前に、春香が素っ頓狂《とんきょう》なほどの大きな声を上げ、興味津々、とばかりに身を乗り出してきた。

「なによ、トラちゃん、あんたまさかその浮気調査をしようっていうの？　ロシアンに内緒で？」

「ちょっと大牙ちゃん、あんた、マイスイートを裏切るっていうの？」

と、今度は麻生までもが非難の眼差《まなざ》しを向けてきたので、

「違いますよ」

と慌てて俺は、話を聞こうともせず全力で俺を責め始めた二人相手に、なんとかことの次第を説明しようと必死になった。

「奥さんが浮気調査に来たんです。明日ペニンシュラで浮気相手と密会するので、証拠を押さえてほしいと。でも俺には鹿園のお兄さんが浮気なんてするようにはとても思えなくて、それで麻生さんに連絡を取ったんです。麻生さんなら、何か情報をお持ちじゃないかと思ったので」

「何か情報って？　鹿園刑事局次長周辺の？　そうねえ」

ようやく信じてくれたのか、麻生がうーん、と考える素振りをする。

「ねえねえ、ダルメシアンの妻ってどんな人？」

と、横から春香が、またも興味津々、とばかりに口を挟んできた。

「ダルメシアン？」

「ロシアンのお兄さんだからさ」

いつものようによくわからないあだ名をつけた彼に俺は、悪口にならない程度に妻の様子を説明しようとしたのだが、麻生が喋り始めたほうが早かった。

「鹿園華代《はなよ》、三十五歳。ダルメシアンとは見合いよ。華道の家元の三女だったかな、確か。二人の間に子供はなし。ああ、そうそう、最近ホストに入れあげてるみたいね」

「え？　そうなんですか？」

思わず問い返してしまったのは、依頼人である妻のほうが、脛《すね》に傷持つ身だったのかと驚いたためだった。

「なんだっけな。新宿のホストクラブ『ホワイトブレス』のナンバースリー。ヨシキだったかしら。彼にそうとう貢いでいるらしいわ。ホスト業界じゃ結構噂になってるわね」

「やだ、ダルメシアン妻、夫の浮気を捏造《ねつぞう》して、離婚してがっぽり慰謝料取る気じゃないの？　信じられないー!!」

「汚いわよねえ。だから女ってイヤよ」

またも騒ぎ始めた春香と麻生の剣幕に押されつつも俺は、情報提供の礼を麻生に言い、再度、鹿園兄の周囲で何か変わった動きはないかと、なんとか彼に問いかけた。

「特にないと思うけど……わかった、探ってみるわ。他でもない、マイスイートのためだもの」

将来、お兄さんと呼ぶかもしれないしね、と頰《ほお》を染める麻生のやる気を削《そ》ぐまいと思うあまり俺は、

「そうですね」

と適当な相槌を打ったあと、心の中で鹿園に両手を合わせてそっと詫びた。

「何かわかったらすぐ連絡する……けど大牙ちゃん」

いそいそと立ち上がり、ドアへと向かいかけた麻生が不意に俺を振り返り、じろり、と睨《にら》み付けてくる。

「な、なんです？」

「マイスイートを泣かせるような真似、するんじゃないわよ。それからっ」

「は、はい」

麻生の『マイスイート』という以上に、鹿園は俺の親友なのだから、悲しませることなどしませんよ、と心の中で呟《つぶや》いていた俺に向かい、それまでの厳しい顔はどこへやら、麻生が

にっこりと、それは見惚れるような笑みを向けてきた。

「今回の謝礼は、マイスイートの水着写真でいいわ。言うまでもなく、小学校のときのね」

スクール水着に水泳帽を被《かぶ》ってたら完璧、とウインクし、麻生は俺に答える間を与えずドアを出ていってしまった。

「マニアックねえ」

やれやれ、と春香が溜《た》め息《いき》をつき、大丈夫？　というように俺を見る。

「……まあ、あればくれると思うけど……」

鹿園は俺が欲しいといえば、なんでもくれる、そんな気前のよさを持っていた。気前がよすぎて、欲しくもないものまでくれようとする。彼と知り合ってからの俺の誕生日とクリスマスは充実しまくりなのだが、お返しを、と言うと決まって、それなら自分の誕生日に一緒に食事をしてほしい、と頼まれる。

その食事も鹿園持ちで——俺が持ちたいのはやまやまなのだが、二人して軽く六桁越える値段であるため、払いたくても払えない、という状況になってしまう。

それで仕方なく、彼が好きそうなCDやら本やら、最近凝っているというゴルフのグローブやらを贈るのだが、それらを鹿園は酷く嬉しそうに貰《もら》ってくれる。とてもバランスが取れているとは思えないのだが、彼がいいというのなら、まあ、いいか、とあまり深く考えないようにしているのだった。

ともあれ、その鹿園のことだから、水着の写真が欲しいといえば二つ返事でくれるとは思うのだが、気になるのは麻生の『使用法』だ。

マスでもかかれちゃ気の毒だよなあ、と溜め息をついた俺の心を読んだらしい春香は、

「恭一郎にあげるとは言わないほうがいいかもね」

と俺が考えていたのとまるで同じことを予測したらしくそう言い、彼もまた、やれやれ、というように肩を竦《すく》めてみせたのだった。

その後、俺は迷いに迷った挙げ句、鹿園に連絡を取ることにした。

探偵には言うまでもなく守秘義務がある。クライアントの依頼内容を、関係者に喋るなど以《もっ》ての外《ほか》だ。

俺にもそのくらいの認識はあるものの、やはり鹿園との長年の友情を無視することはできなかった。

彼の義姉の依頼内容に疑問を覚えていたこともあり、春香が帰ったあとに鹿園の携帯に電話を入れ、今夜会えないかと申し出た。

『勿論、これからでもいいよ。お前のところに行けばいいのか？』

まだ就業時間中だろうに、鹿園はやたらと浮かれた声を上げ、すぐにも来ようとする。

「いや、終業後でいいから。俺がお前の部屋に行くよ」

鹿園がここに来ると、春香が目ざとく彼の姿を見つけ、乱入してくるかもしれない。そう思い、鹿園宅へ向かうことにしたのだが、それを聞いた鹿園は明らかに取り乱し始めた。

『わ、わかった。それならそうだな、夜七時頃、来てくれるか？　食事は何か用意するから。

身、一つで来ればいい』

「あ、ああ……」

身一つで、なんて、プロポーズかよとからかおうと思ったが、何を焦っているのか鹿園は、

『それじゃな』

と電話を切ってしまった。

それから七時までをどうやって過ごそうかと考え、鹿園の義姉の相手について少し調べてみるか、とネットでホストクラブ『ホワイトブレス』を検索した。

「こいつか……？」

ナンバースリーのヨシキを見て、つい疑問の声を上げてしまったのは、写真写りのせいかまったく素敵に見えなかったためだった。

顔が悪いというわけじゃないが、なんとも安っぽいのだ。これならまだナンバーフォーのほうが、とヨシキよりは少し品のある顔立ちをしているアヤトというホストの写真などを見ていた俺は、こんなことをしてる場合じゃない、と我に返ってパソコンの画面を閉じた。

時計を見て、約束の七時までには余裕がありそうだったので、ホストクラブに聞き込みに出かけることにする。ヨシキと鹿園義姉が本当に男女の仲なのか、そこをまず確かめようと考えたのだった。

新宿のホストクラブの営業開始時間は早い。それゆえ夕方だったものの、『ホワイトブレ

ス』にホストは結構出勤していた。

「ああ、ヨシキは朝番っすよ」

新宿ではホストクラブの営業は深夜一時までと決まっている。そのかわり、夜が明けてからは営業してもいいらしく、夜明けと共に『第二部』営業をする店が多い。ホストクラブの上客はキャバクラ嬢等、夜の仕事をしている女性が多いため、人気のホストはたいてい朝番になるという知識は一応持っていたので、俺はヨシキがいないであろう時間を選んできたのだった。

その場にいたホストたちに、ヨシキの女性関係を聞いたところ、皆、一様に、

「ああ」

と嫌そうな顔になった。

「もしかして探偵さん、ハナヨとかいうお上品ぶったおばさんのこと、調べてんの？」

「ねえねえ、あれ、誰？　絶対素性、明かさないんだよな〜。いつもにこにこ現金払いで名字もわからないしさ」

俺が質問するより、ホストたちに質問責めにされ、まあまあ、と彼らを静めてから話を聞くと、ヨシキが嫌われている理由がよくわかった。

「ヨシキはあのハナヨさんの指名、もらう前までは、ナンバーにも入れなかったんだよ」

「そうそう、下から数えたほうが早かったよな〜」

ナンバーというのは、十位までの売り上げ成績のホストのことだという解説をしてくれた、本人はナンバーシックスだというホスト、ヒロミが、実に不愉快そうな顔で肩を竦める。

「あのハナヨって客がえらい太い客で、ヨシキをナンバーワンにするって、金、使いまくるんだよね。さすがに一人の力じゃナンバーワンにはなれないけど、三位まで上り詰めるって半端ない金の使い方だよ」

「そうそう、あの程度の容姿でナンバースリーとか言われちゃうと、ウチの店の格も落ちるよねえ」

ヒロミに迎合するように、他のホストもここぞとばかりに悪口を言いまくる。

「で、そのハナヨって客とヨシキは、男女の仲なのかな？」

だが俺のこの質問には、皆、「どうだろう」と首を傾《かし》げた。

「ヨシキもハナヨがどこの誰だか知らないみたいだったよなあ」

「うん、あいつ嘘つけるほど器用じゃないしな」

「ホテルに連れ込もうとして断られたって、前に言ってなかったか？」

「あー、そういやそんなことがあったな！　あいつ、真っ青になって控え室から電話してたよな。次にハナヨさん来たとき、席で土下座もしてたっけ」

「しかし枕もやってないのに、一晩に三百万とか使うかね？」

「さ、三百万？？」

すっかり俺の存在を忘れ、雑談を始めた彼らの話につい突っ込みを入れてしまったのは、あまりの高額に驚いたためだった。

「そう、ドンペリ、何本も入れてたもん」

「三百万、キャッシュで払うっていうところも凄かった。ねえねえ、探偵さん、あの人、一体何者？　いいとこの奥さんだよね？　社長夫人とか？　あ、もしかして、政治家の奥さん？」

またもホストたちに質問責めにされたが、適当に流して店を出る。そろそろ約束の時間も近づいてきていたので鹿園のマンションへと向かいながらも、頭の中は混乱しているままだった。

麻生の言っていた鹿園の義姉のホスト遊びは真実だった。が、どうやらホストとは男女の仲ではないようである。

一晩に三百万も使っている相手と、肉体関係がないというのは意外だった。てっきり義姉はホストと一緒になるつもりで鹿園兄と離婚しようとしているのだとばかり思っていたのだが、違うのだろうか。

まあ、とてつもなく自制心を働かせ、離婚が成立するまでは関係を持たないと心がけているのかもしれないが――自分も浮気していることがわかれば、夫から慰謝料を取れなくなるためだ――それにしても、調査の手付けだといってぽんと五十万くれたり、たいして売れっ子でもないホストに一晩三百万もつぎ込んだりと、本人も言っていたが警察キャリアの年俸はとてつもなく高いのだなと、羨望《せんぼう》の溜め息が口から漏れた。

ともかく、一応の背景はわかったので、あとは鹿園兄の『浮気』について、真偽を確かめる必要がある。そうするためにも一応、鹿園に仁義は通そう、と俺は彼になんと切り出すかと考えつつ、一路鹿園のマンションを目指した。

「大牙！　待ってた。入ってくれ」

以前、ある事情から鹿園のマンションに同居させてもらっていた俺は、合い鍵を渡されていた。自宅に戻った際、その合い鍵は返そうとしたのだが、いつでも来てくれてかまわないと鹿園は受け取ろうとせず、未だ俺のキーホルダーについたままになっている。

が、さすがに勝手に入るわけにはいかないと、オートロックのところで彼の部屋を呼び出し、その後部屋のインターホンも押して部屋に入った瞬間、出迎えた鹿園のエプロン姿を前に俺は、なんともいえない脱力感を覚えて声を失った。

鹿園が身につけているのは、いかにも新婚の奥さんがしそうな、フリフリのフリルのついた可愛いエプロンだった。以前、彼が俺に『つけてほしい』と懇願した品だ。

居候の身ゆえ、言われたとおり着用して洗い物なども してやったが、俺が自分の家へと戻る際に、持って行けと言われたときには丁重にお断りした。

だからって、自分でつけなくてもよさそうなものなのに、と思いつつ、彼のあとに続いてリビングダイニングへと向かった俺は、ダイニングテーブルの上に所狭しと並べられた料理の数々に、あんぐりと口を開け見入ってしまったのだった。

「食前に何か飲むか？　ああ、シャンパンでも開けようか」

にこやかに笑いながら鹿園が、冷蔵庫からシャンパンを取り出す。

「あ、あの、鹿園？」

随分と凝った料理の品々は、どうやら出来合いではないらしい。ということは、俺との電話を切ってからすぐに帰宅し、準備したということか、と呆れてしまいつつも俺は、陽気にシャンパンの栓を抜こうとする鹿園に、ここへときた目的を切り出すことにした。

「なんだ？」

鹿園がシャンパンを離し、俺の顔を覗《のぞ》き込んでくる。

「ちょっと、いいかな」

食事よりも先に、と俺はリビングのソファに鹿園を導き、エプロン姿の彼と並んで腰掛けた。

「なんだよ」

「実は……驚かないで聞いてほしいんだが」

頭の中であれこれ、切り出し方を考えていたが、実際の鹿園を前にすると、彼がおかしなエプロン姿だということを除いても非常に話し辛い。

しかしいつまでも黙っているわけにはいかない、と腹を括《くく》り、鹿園の反応を見つつ、話し始めることにした。

「……今日、俺の事務所に、お前のお義姉さんが来たんだ」

「義姉《あね》が？」

途端にそれまで、やにさがる、といってもいいくらいににやついていた鹿園の表情が、一気に厳しいものになる。

「なんでお前の探偵事務所に？　何か依頼か？　それともお前に用があったのか？」

あからさまにむっとした顔で問いかけてきた鹿園の様子から俺は、そういえば以前もなんでだったか兄夫婦の話になったとき、義姉のことを彼が憎々しげに『あの人のことはよくわからない』と言い捨てていた遠い記憶が蘇《よみがえ》っていた。

義姉のほうも鹿園に対してそういい感情を抱いているようではなかったが、と、一人思考に陥っているわけにもいかず、俺は、おそらく鹿園を激昂《げっこう》させるであろう予感を抱きつつ、義姉来訪の理由を口にした。

「依頼だ。夫の浮気調査ということで……」

「浮気だと？　ふざけるな！　兄さんが浮気などするわけないだろう!!」

予想どおり鹿園は激昂したものの、すぐに我に返った顔になると、真摯《しんし》な態度で俺に詫びてきた。

「悪い。お前を怒ってるんじゃない。常識外れな彼女に対して怒ったんだ」

「……ああ、わかってる」

頷いた俺の横で鹿園はまた、

「それにしてもふざけている」

と怒り始めてしまった。

こんな状態の彼に、実は義姉のほうがホストに入れあげているだの、兄の携帯には『美姫』という女性からメールが入っていたようだだの、詳細を伝えても大丈夫だろうか、と案じていた俺だが、鹿園のほうからその件について詳細を求めてこられては答えないわけにはいかなかった。

「で？　義姉の依頼内容は？　浮気調査って、何か根拠はあってのことなのか？」

あるわけないとは思うが、少しの疑いも抱いていない様子で言い切る鹿園に俺はおそるおそる、

「それが……」

と義姉が携帯を盗み見た結果、明日の夜に鹿園の兄と『美姫』という女性がペニンシュラ

のラウンジで会うらしいということを伝えた。

「そんな馬鹿な」

俺の話を聞くと鹿園は顔色を変え、すぐさま携帯電話を取りだした。

「おい、どこにかけるんだよ」

まさか、と慌てて彼の手ごと携帯を握る。

「兄さんのところだ」

俺の手を振り払い、番号を呼び出そうとする彼の手をまた俺は、

「ちょっと待ってくれ」

と握り締めた。鹿園がはっとしたように俺を見る。

「お前の気持ちは勿論わかる。が、俺の立場もわかってくれ。本当なら守秘義務から依頼内容は誰にも——特に関係者には喋っちゃいけないところを、お前だから喋ったんだぞ」

「あ、ああ」

鹿園が彼らしくなく胡乱《うろん》な相槌を打ち、俺を見る。風邪でも引いているのか彼の顔は真っ赤で、縁なし眼鏡越しに見える瞳は酷く潤んでいた。

「俺もお前のお兄さんが浮気をするようなタイプにはとても思えない。だが依頼を断れば、お前の義姉さんは他の探偵事務所に頼むと言うので、俺が引き受けることにしたんだ」

「あ……うん」

やはり鹿園の相槌は心ここにあらずといった感じで、ちらちらと俺が握り締めた自分の手ばかりを見ている。手がどうした、と思いながら、もう彼には電話をする気配がないと察し、握り締めていたその手を離すと俺は、はっと我に返った様子の鹿園に、これは言っても大丈夫かなと思いつつ言葉を続けた。

「加えてお義姉さんのほうに、ちょっと気になる動きがある。何かお兄さんから聞いてないか？」

「いや、義姉の話は殆ど出ないから何も」

鹿園が端整な眉を顰《ひそ》め、俺の目を覗き込んでくる。

「気になる動きというのは、浮気か？」

「……それがよくわからないんだ」

俺はここで、実はとあるところから聞き込んだ結果――麻生とバレバレの気がしたが、一応隠してみた――義姉にホスト通いの噂があることを知り、そのホストクラブに早速聞き込みにいった話を簡単に鹿園に伝えた。

「確かに、入れ込んでいるホストはいたが、まだ男女の仲ではないらしい」

「離婚前にそれがバレたら揉《も》めるとでも思ったんだろ」

鹿園が吐き捨てるようにそう言い、はあ、と深い溜め息をつく。

「慰謝料が貰えなくなるとか？」

「いや、慰謝料はいらないだろう。義姉が遊んでる金は実家から出てると思う。さすがに兄さんも一晩三百万という大金を幾晩も妻に使わせるほど、稼いじゃいないだろうから」

「え？　そうなのか？」

ならなぜ離婚したいんだ、と首を傾げた俺に、

「兄さんが離婚に応じないとでも思ったんだろ」

と鹿園が、常に紳士的な見方をする彼らしくなく、悪《あ》し様に義姉を罵《のの》り始めた。

「別れたいなら別れると言えばいいんだ。義姉は兄さんを全然わかっちゃいない。キャリアの傷になるから離婚に応じてもらえないなんてこと、考えるような男じゃない。そんなこともわからず、妻をやっているのかと思うと、本当に腹立たしいよ」

「まあまあ」

実際、彼女がそう考えているると決まったわけでもないのに、鹿園はすっかり興奮し俺が宥《なだ》めるのも聞かずに義姉の悪口を言い続ける。

「家元のお嬢さんだかなんだか知らないが、家事なんてまるでやらないんだぜ？　自分が実家から連れてきたお手伝いさんに一切任せている。それで自分は何をするかといえば、やれ買い物だ、習い事だ、海外旅行だと、出かけてばっかりだ。優しい兄さんが何も言わないのをいいことに、好き勝手に振る舞った挙げ句に離婚だ？　ふざけるなと言ってやりたいよ」

「……わかった、わかったから落ち着いてくれ」

思うに鹿園は重度のブラザーコンプレックスなんじゃないかと思う。加えて彼の兄もまた、鹿園にべったりというブラコンなのだ。まあ、相思相愛ということで、俺が口を出す必要はないのだが、自分と兄とが結構ドライな関係であることを鑑《かんが》みるに、羨《うらや》ましいといおうか、ちょっとtoo muchなんじゃないの？　と言いたくなるといおうか、なんとも複雑な気持ちになる。

兄思いなことはわかった、と俺は鹿園をなんとか落ち着かせると、

「というわけで、一応お前には事後になったが、お兄さんの調査をすることを知らせておこうと思ったんだ」

と、用件をようやく告げたのだった。

「……わかった」

鹿園はまだ、興奮冷めやらぬといった状態だったが、俺の言うことに聞く耳を持ってくれたようで、厳しい顔をしつつも頷いてくれた。

「……なんだか申し訳ない」

自分の身内をあれこれ調査されるのは決して気持ちのいいもんじゃない。それが『愛する』兄のことならことさらだろうと思ったので、つい俺の口から謝罪の言葉が漏れたのだが、それが思わぬ結果を呼んだ。

「……それならお願いがあるんだ」

いきなり鹿園が俺の腕を握ったかと思うと、真剣な目で訴えかけてきたのだ。

「お願い？」

嫌な予感を抱きつつ問い返した俺は、続く鹿園の言葉が予感以上に困ったものだったため、思わず絶句してしまった。

「兄さんが美姫とかいう女性とホテルで会う日、僕も現場を張り込ませてくれ」

「……それは……」

できない、と言おうとしたが、鹿園の押しはどこまでも強かった。

「お前の立場は充分承知している。だが、兄さんが本当に浮気をしているのか、この目で確かめたいんだ。頼む、大牙！　僕とお前の仲じゃないか！」

「…………………」

頼む、頼む、と何度も頭を下げられた挙げ句、承諾してもらえないのなら今すぐ兄に電話する、と最後は脅しも入り、仕方なく俺は鹿園の頼みを引き受けることになったのだった。

「それじゃ、食事にしよう」

話がすむと鹿園は、今までの興奮はどこへやら、彼が腕によりをかけたという料理を俺に振る舞った。

「どう？」

「美味《うま》いよ」

「よかった。こっちは？　この間褒めてくれたからまた作ってみたんだけど」

「ああ、美味い。俺、これ好き」

「ふふ、そう言ってもらえると嬉しいな」

またも、どこの新婚家庭かという会話を繰り広げながらも、気づけば俺も、そして鹿園も黙りがちになっていた。

少し飲みたいという彼に付き合い『少し』どころかワインを二本空けた。そうなるともう、帰るのが面倒で、誘われるがままに今夜は泊めてもらうことになったのだが、さすがに一緒に寝たい、という彼の申し出は断った。

「一人になりたくない」

だが鹿園にそう言われるとどうしようもなく、結局二人してリビングに布団を敷いて寝たのだが、鹿園は眠れないのか、ごろごろと何度も寝返りを打っては溜め息をついていた。

「…………」

兄、凌駕の貞操観念が人並み外れて低いためか、俺はもし『兄が浮気をしました』と聞いたとしても、そうショックは受けない——どころか、やっぱり、程度の感想を持つくらいだが、鹿園にとっての兄は清廉潔白な人なんだろう。

まあ、鹿園自身、清廉潔白だし、ショックは大きいんだろうな、とわかるだけに俺は、何か言葉をかけてやろうとしたのだが、上手《うま》い慰めは一つも浮かばなかった。

翌朝、鹿園を警視庁に送り出したあと、俺も一旦事務所に戻ったのだが、事務所ではなんと、麻生が春香と共に俺の帰りを待っていた。

「ちょっと大牙ちゃん、あんた、人に働かせといて、自分は朝帰りってどういうことぉ？」

「そうよう。トラちゃん、彼氏できたんなら言いなさいって、前から言ってるでしょ？」

麻生と春香、それぞれに責められ、俺は今まで鹿園の家にいたことを白状せざるを得なくなった。

「ずるいー！　マイスイートの家に泊まったなんてぇ！」

「で？　貞操は？　貞操は無事？」

「無事に決まってるでしょう」

取り乱す麻生と、わけのわからないことを聞いてくる春香をなんとか宥め、二人の来訪の理由を聞く。

「……恋敵には教えたくないわー」

麻生はそう渋ったものの、春香に「大丈夫よ。トラちゃん、他に彼氏いるから」とよくわからないフォローを受け、渋々ながらとても短期間で調べたとは思えない鹿園兄夫婦についての情報を教えてくれた。

「お兄様の周囲では特に、目立った動きはないみたい。まあ、お父様がお父様なだけに、失脚を狙う輩《やから》がいたとしても逆に潰《つぶ》されてしまうでしょうけど。ご本人も品行方正を絵に描いたような人物で、浮いた噂の一つもないわ」

「そうでしたか」

やはりな、と頷いた俺に麻生が、

「でも」

と、顔を歪《ゆが》め、妻のほうは違うという説明を始めた。

「鹿園華代は、言っちゃなんだけど評判悪いわね。鹿園家にあまり馴染《なじ》んでないみたい。結婚してもう十年以上経《た》つのにねえ」

あたしなら今すぐにでも馴染めるのに、という麻生に「そうですね」と思ってもない相槌を打ちつつも俺は、

「実は」

と、昨日ホストクラブで聞き込んできた情報を——華代は素性を明らかにしておらず、ホストとも男女の関係ではないらしいという話を麻生にした。

「あ、それ、あたしも調べたわ」

さすがといおうか、麻生は既に調査済みではあったが、彼に見解を聞くと、

「うーん、そうねえ」

と、らしくなく首を傾げた。

「慰謝料狙いじゃないのお？」

春香がそう言ったのに俺は、彼女の実家が超がつくほどの金持ちなので、それはないだろうと鹿園に言われた、と答える。

「ホストクラブで遊んだ金も、実家から出てるんじゃないかって話でしたし」

「そのホストに本気で入れあげてるふうでもないのよね。一体何考えてるのかしら」

麻生が首を傾げ、春香と俺を見る。

「わけわかんないわよね。意外に離婚を狙ってるわけじゃなかったりして？」

「単に、夫の浮気が許せないってだけなのかしら。しかし浮気ってのがどうにも信じられないのよねえ」

麻生もまた首を傾げていたが、そこは俺も同感だった。

「お兄様と『美姫』とかいう女の密会が事実か否か——そこじゃない？」

「ああ、もしかしてそれ、華代の仕掛けた罠《わな》じゃないかしら？　金で雇った女かなんかに夫を呼び出させて、そこであんたに写真撮らせるの」

春香の言葉のあとに、麻生が、ふと思いついたようにそう言い出す。

「それよー！」

春香が大声で同意し、くるりと俺を振り返った。

「きったない女よねえ」

「いや、まだそうと決まったわけじゃないし……」

一応そう返しはしたが、今回もまた俺は、麻生の考えに心の中では同意していた。

なるほど、そういうことか、と納得する。女性とホテルで密会していた、という『証拠写真』だけでは離婚には持ち込めないだろうから、もしかしたら『美姫』は更に大胆な真似をするかもしれない。

たとえばいきなりキスするとか。そうなればホテル内にいた人間は皆注目するだろうし、スキャンダルになること間違いない。

そうなるより前に、兄と女性を引き離したほうがいいだろう。一人では手に余っただろうから、鹿園が来るのはかえってありがたかったか、といつしか一人の思考の世界に入り込んでいた俺は、

「ちょっと」

と麻生に声をかけられ、はっと我に返った。

「なに？」

「『なに？』じゃないわよ。手、貸そうか？　って言ってんだけど？　何時にどこ、行けばいい？」

なんと未来の『お兄様』――多分そうはならないと思うが――の危機に、麻生もまた助《すけ》っ人《と》要員として手を上げてくれるという。

「アタシも暇だからいってあげてもいいわよ。君人がバイト、忙しくてさあ」

こっちは暇つぶしという理由で、春香もまた、助っ人に立候補する。

「あ、いや、その……」

ここで『鹿園が来る』といえば、ますます麻生はやる気になり、それを面白がった春香もノリノリとなることだろう。

卑怯《ひきょう》と思われることを承知でいうと、鹿園に対し、彼の兄夫婦についてのあれこれを、麻生から聞いた——そしてその場には春香もいて、一切の事情を知っている——という事実を、俺はできれば隠したいと思っていた。

誰だって、家族のプライバシーを大勢の人に知られるのは面白くないだろう。しかもその『プライバシー』が浮気となれば尚更だ。

それゆえ俺は、「大変ありがたいんだけれど」と二人の申し出を丁重に断った。

「あら、そう？」

「トラちゃん、アタシたちが金でもとると思ってるのかしら」

もっと粘られるかと思ったが、麻生も春香もあっさり引いてくれ、俺に安堵《あんど》の息を吐かせた。

「それじゃ、また何かわかったら連絡するわ」

多忙な麻生はその後すぐに事務所を出ていき、春香もまた「洗濯しなきゃ」とあとに続く。

一人残った俺は、夜の張り込みに向けてカメラを準備したり、かかってくるアポイントメントの電話の応対をしたりと夕方までの時間を過ごした。

五時過ぎに事務所を出て、ホテルへと向かう。早すぎるかと思ったが、下見をしておきたかったのと、もう一つ、俺のような『探偵』がいないかを確かめるためだった。

鹿園の義姉が俺以外にも『証拠写真』を撮る人間を依頼していない保証はないと思ったからである。

が、ホテルに到着した途端、目に飛び込んできた長身×2に、俺は唖然《あぜん》としたあまり思わず声を失ってしまったのだった。

「遅いわよ、トラちゃん」

「ホテル周辺、確認したけど、不審な人物はいないわね」

なんとホテルのロビーで、春香と麻生が俺を待ち構えていたのである。

「ど、どうして」

俺は彼らに問いかけ、初めて、そういや最初に麻生から情報を聞きだそうとしたとき、ホテルの名を口走ってしまっていたことに気づいた。

今朝、麻生が『どこに行けばいいの？』などと聞いてきたので、ホテル名は彼らに告げてないと思い込んでいたのだ。

それも作戦だったのか、と麻生を、そして横でにやにや笑っている春香を見る。

「トラちゃんてさあ、刑事だった割にはぼんやりしてるわよね」

「そのくらいが、可愛げあっていいじゃないの」

春香と麻生はそう言うと、座りましょうよ、と俺を無理矢理引《ひ》き摺《ず》るようにしてラウンジへと進んでいった。

アフタヌーンティには遅い時間だったので、ラウンジは結構空《す》いていた。従業員教育が行き届いているのか、スキンヘッドの春香にウエイトレスはビビることなく俺たち三人を席に案内してくれた。

「どうせこれから、マイスイートが来るんでしょ」

さすが、といおうか、麻生はそこまで見越しており、俺に二の句を継がせなかった。

「マイスイートに、アタシらに助けを求めたことを喋ってないから『来るな』って言ったんでしょ」

「……すみません……」

図星なだけに謝るしかなく頭を下げると、

「大牙ちゃんは素直な良い子ねえ」

と麻生は俺の頭をぽんぽんと撫でてくれたあとに、厳しいお言葉を口にした。

「でもここでとぼけられなきゃ、探偵としてやってくのは辛いかもねえ」

「そうそう、この子、世間渡っていくには馬鹿正直すぎるのよね」

春香までにもそう言われ、やれやれ、と溜め息をつかれる。

「もう三十越してるんだから、いい加減しっかりしないとね」

「そうそう、家賃も滞ってるんですって？　駄目じゃないの。凌駕は頭も尻も軽いけど、その辺ちゃんとしてたわよ」

「……申し訳ありません」

人生の先輩、二人に説教され、それがまた的を射ているだけに今度も謝るしかなかった俺の肩を、先輩たちはそれぞれに叩くと、

「安心しなさいよ。あたしら、陰からこっそり隠れて見守ってるから」

「そうそう、『美姫』とかいう女の素性、探ってあげるわ」

と二人して胸を張り、ここのお茶代をおごってくれればすべて水に流す、とありがたい？言葉をかけてくれた。

優雅にアフタヌーンティをしている気持ちの余裕は俺にはなかったというのに、図太い二人は俺と鹿園が待ち合わせた六時の十五分前までラウンジで粘ると「それじゃね」と会計している俺を残し、ホテルを出ていった。

外で見張るということか、と思いつつ、ロビーで鹿園を待つ。

「やあ」

待ち合わせの十分前に鹿園はやってきたが、彼の顔色は悪かった。

「……兄貴は来るんだろうか」

鹿園の兄に姿を見られるわけにはいかないと、俺と鹿園は、店舗へと通じる廊下に身を潜め、ホテルの入り口を見張っていた。

「もしかしたら……」

兄が来た瞬間、絶望感に襲われそうになっている鹿園の気を少しでも休めてやろうと、俺は、麻生が思いついた――とは言わなかったが――考えを彼に伝えてやることにした。

「女性からの呼び出し自体が、奥さんの策略かもしれない」

「ああ、そうだな。いかにも義姉がやりそうなことだよ」

憎々しげに鹿園が吐き捨てる。彼と義姉の仲はやはり、あまりよくない――というより積極的に悪そうだな、と感じつつ相槌を打った俺の目に、見覚えのある長身が飛び込んできたのは、鹿園と通路で張り始めて約一時間後のことだった。

「兄さんだ……」

約束は七時だったが、さすが兄弟といおうか、鹿園の兄も十分前にやってきて、周囲を見回したあとに、真っ直ぐラウンジへと向かっていった。

鹿園兄と鹿園はビジュアルがよく似ている。おそらく鹿園の十年後はこんな感じなのかな、と思わせるその容姿も体軀《たいく》も、最高級といってよかった。

縁なし眼鏡の似合う、いかにもエリート官僚といった姿に、ラウンジの従業員も、そして遅めのお茶をしにきた女性客たちも思わず振り返り、見惚れている。

鹿園も充分、見惚れるに値するのだが、兄のほうがより人目を惹《ひ》くのはおそらく、身についた威厳が光を放っているためではないか、などと俺もまた、久々に見るかっこいい兄の姿に見惚れていたのだが、そんな俺の耳に鹿園のぼそりと呟く声が響いてきた。

「…………兄さん……」

その声がやたらと痛々しく感じ、思わず振り返った俺に、鹿園は、大丈夫だ、というように頷いてみせると、ぼそりと言葉を続けた。

「しかしこのホテルは、験《げん》が悪いな」

「……ああ」

言われて気づくなという感じだが、確かにこのホテルは俺にとっても『験の悪い』場所だった。そう思い出していた俺の目の前を、思いもかけない人物が過《よ》ぎっていく。

「あ……」

宿泊客用のエレベーターのほうから、真っ直ぐにラウンジへと向かっていく長身の女性を前に、俺は固まってしまっていた。

美しい黒髪をなびかせながら、まるでモデルのような綺麗《きれい》な歩き方で進むその女性が、ちら、と俺のほうを振り返る。

「……っ」

赤い唇を引き締めるようにして、ニッと笑いかけてきたその顔を見た瞬間、俺の背筋を悪寒が走った。

「どうした、大牙」

問いかける鹿園の声に答えることもできないほど、俺を動揺させていたその女性は——否、女性ではないその人物はなんと——俺にとって最高に験の悪い相手、林輝《リン・フェイ》だった。

3

恥ずかしいことに林の姿を見た瞬間、俺の思考は停止し、なんのリアクションもできなくなった。

「おい、大牙、来たぞ？」

それゆえ林が真っ直ぐに鹿園の兄へと向かっていくのを呆然《ぼうぜん》と眺めていたのだが、鹿園に肩を揺すられ、ようやく我に返ることができたのだった。

「どうした？　真っ青だぞ？」

振り返った俺の表情を見て、鹿園がぎょっとした顔になる。

「……ヤバい」

その彼に、今の状況を説明せねばならないというのに、口から漏れたのはそんな、文章にもなってない一言だった。

「『ヤバい』？」

わけがわからない様子の鹿園が俺に問いかけてくる。が、目の前で林が彼の兄に声をかけ、今にもラウンジから連れ出されそうになっている情景《シーン》を見ては、説明などしていられなくなった。

「頼む、鹿園。すぐお兄さんを呼んできてくれ」

「え？」

わけがわからない、と戸惑った顔になった鹿園を俺は思わず怒鳴りつけていた。

「いいから！　一刻も早くお兄さんをあいつから引き離すんだ」

「あ、ああ、わかった」

きっと『わかっ』てはいないだろうが、俺の剣幕に押された鹿園は、首を傾げつつもラウンジへと飛び込んでいった。

どうしよう、と震える身体《からだ》を自分で抱き締めることで抑え込みながら俺は、これからの展開を必死に考え始めた。

「兄さん」

ラウンジでは鹿園が兄に声をかけ、兄が啞然として彼を見ている。

「祐二郎、どうしてここへ？」

「ちょっと話があるんだ。いいかな？」

そう言うと鹿園は有無を言わさず兄の腕を取り、林に向かって「失礼」と会釈すると、そのままラウンジを出ようとした。

「祐二郎？」

戸惑いながらも兄が鹿園に腕を引かれるまま、こちらへと歩いてくる。周囲を見回し、店舗側にも出口があるとわかった俺は、やってきた鹿園と兄に向かい、

「すぐホテルを出ましょう」

と声をかけ、鹿園の腕を摑んで走り始めた。

「おい、大牙？」

「大牙君？　一体なんなんだ？」

問いかけながらも鹿園も、そして兄も俺に続いてくれ、建物の外に出る。ちょうどやってきた空車のタクシーに手を上げ、先に鹿園と兄を乗り込ませたあと、俺は助手席に乗り、事務所の住所を告げた。

「おい、大牙、どうした？」

「それより祐二郎、なぜお前がここに？」

後部シートから次々に問いかけてくる鹿園兄弟に、事情を説明しようとした次の瞬間俺は、ホテルに麻生と春香がまだ張っていることを思い出し、慌てて携帯を取り出す。

「おい、大牙」

むっとした鹿園の声を無視し、俺は麻生の携帯を呼び出すと、ワンコールで出た彼に叫ぶようにしてこう告げた。

「麻生さん！　急いでホテルから離れて！　待ち合わせの相手は林輝だった！　深追いする

と麻生さんが危ない！」

『なんですって？　林輝って、香港マフィアの？』

携帯から響いてくる麻生の仰天する声と、

「林輝だって？」

と後部シートから響いてきた鹿園の仰天した声がシンクロして響く。

「間違いない！　だから麻生さん、春香さんを連れてホテルから離れてくれ！」

『何言ってるのよ。特ダネじゃないの』

教えてくれてありがとうと麻生は電話に投げキッスをし、早々に通話を終了してしまった。

「麻生さん！」

慌てて呼びかけた俺の肩を、後部シートから伸びてきた鹿園の手が摑む。

「大牙、どういうことだ？　あの女性が林なのか？」

「……あ、ああ……」

頷くと鹿園は、カッと目を見開き、運転手を怒鳴りつけた。

「すみません！　ホテルに戻ってください！」

「ええ？」

戸惑う運転手を今度は俺が怒鳴る。

「いいです！　築地にいってください！」

「大牙！」

またも俺の肩を摑んできた鹿園に俺は、

「丸腰で迎え撃てる相手じゃないんだ！」

と逆に彼の手を握り返した。

「……大牙……」

鹿園がはっとした顔になり、俺の肩から手を退《の》ける。

「君たち、一体何を話しているんだ？　状況を説明してもらえないか？」

と、そのとき、後部シートから、実に冷静な鹿園兄の声が響いて来た。

「兄さん、僕も教えてもらいたいことがある」

鹿園が今度は兄に対して身を乗り出し、状況を聞きだそうとする。ここは運転手もいることだし、と俺は後部シートを振り返ると、

「話はウチに着いてからにしましょう」

と告げ、二人の了解を取った。

その後、俺の事務所に到着するまでの間、車内には沈黙が流れた。麻生をとめたくて麻生と、それから春香の携帯にも連絡を入れたのだが、二人とも留守番電話になってしまい、応対に出てくれない。

大丈夫だろうか、と二人の身を案じる俺の脳裏に、久々に見た林の姿が蘇った。

高級ブランドのものと思われるワンピースに身を包んだ彼は、確かに俺の姿を認識していたと思う。

にやり、と笑いかけてきた酷薄そうな唇を思い起こした瞬間、身体がびくっと震えた。

忘れようにも忘れられないあの男——輝くばかりの美貌と、恐ろしいほどの非情さを持ち合わせたあの男に、かつて俺はあのホテルで捕らえられたことがある。

香港マフィアの彼と俺との接点は、ある一人の男だった。その男のことも思い起こしていたときにタクシーは俺の事務所前に到着し、俺は頭に浮かんだ男の像を首を振ることで払い落とすと、料金を支払って車を降り鹿園兄弟を伴って事務所へと向かった。

「お茶はいい。状況を説明してくれ」

粗末な事務所だがお茶でも、と簡易式のキッチンへと向かいかけた俺に、鹿園が声をかけてくる。

その彼に俺は、至急、林の身柄を確保するようにと逆に訴えかけた。

「……わかった」

俺の言うことはほぼ百パーセント聞き入れてくれる鹿園は、一言の説明もしていない状態だったが、すぐに警視庁に連絡を入れ、大勢の捜査員をホテルへと向かわせてくれた。

「林輝というのは確か、香港マフィアの名だったね。私を呼び出したあの人物がそうだったというのかい？」

一通りの連絡がすんだあと、それを待ちかねていたように鹿園兄が俺に問いかけてきた。

「はい。それでお伺いしたいのですが、彼はなんといってあなたを呼び出したのですか？」

妻の浮気調査のことは明かさず問いかけると、兄は少し困った顔になり口を閉ざした。

「兄さん、教えてくれ。僕は兄さんを信じている。きっと兄さんはとんでもないことに巻き込まれたに違いないんだ」

鹿園が興奮した様子で兄に縋《すが》り付く。と、兄は鹿園を安心させるように、ぽんぽんと上腕の辺りを叩き、優しい口調で答え始めた。

「祐二郎、お前が心配しているようなことは一切ないから安心してくれ」

「でも兄さん」

「ああ、すべて話そう。私がお前に嘘をついたことが今まであるか？」

「ない……僕も兄さんに嘘をついたことはないよ？」

「ああ、わかってる」

「…………」

こういうことを言うのも何かと思うが、鹿園兄弟のやりとりは互いへの愛情に満ち満ちており、聞いているとなんだかこっ恥ずかしくなってくる。

兄弟というのはこうも愛情溢《あふ》れるものなのか。俺と兄がドライすぎるんだろうか、と自らを振り返りつつも俺は、少しも話が進まないことに焦《じ》れ、申し訳ないと思いながらも二人の間に割って入った。

「……で、お兄さん、林になんといって呼び出されたのですか？」

呼びかけに悩み『僕は君の兄じゃない』と言われるかもと心配しつつも『お兄さん』にしたのだが、鹿園兄はそのあたり、寛容だった。

「それが……実は、妻が浮気をしている、その証拠をお見せしたいという連絡が一昨日突然、私の携帯に入ったんだ」

「携帯に？　電話ですか？」

やはり鹿園義姉の策略だったというわけか、と問うと、兄は「ああ」と頷き、携帯電話を差し出してきた。

「咄嗟《とっさ》に録音した。ここを押すと再生される」

「……ありがとうございます」

さすがは警察庁のお偉方、取り乱すことなどないのだなと思いながら俺は、言われたボタンを押し――電話から響いてきたあまりに聞き覚えのある声に愕然《がくぜん》としてしまったのだった。

『もしもし？　鹿園理一郎さん？　私、美姫と申します。あなたの奥様、鹿園華代さんが最近、ホストと浮気をしていること、ご存じでしょう？　証拠写真を撮りましたの。週刊誌に公表されたくなければ二十日の夜七時、ペニンシュラのラウンジに来てくださる？』

声は間違いなく、林のものだった。ハスキーではあるが、男性の声にはとても聞こえない。

「妻の浮気を疑ったわけではない。が、どのような写真を週刊誌に売るつもりかが気になり、あの場に向かった」

兄は呆然としていた俺にそう言うと、携帯をポケットに戻し、居住まいを正して改めて問いかけてきた。

「今度は私に質問させてもらえるかな。大牙君、君はなぜ、あの場にいたんだい？　祐二郎と共に」

「それは……」

事情を説明せねばならない状況であることは勿論俺にもわかっていた。が、彼の妻が夫の浮気調査にやってきた結果だということをストレートに伝えていいものかと迷い、つい口籠《くちご》もってしまう。

何か婉曲《えんきょく》な表現を、と考えていた俺の気遣いは、だが、鹿園が見事に打ち砕いてくれた。

「義姉さんが大牙の事務所に依頼にきたんだ。兄さんが浮気をしている、相手と今夜、ペニンシュラホテルで会うことになっているから、張り込んで写真を撮るようにだってさ」

「……そうなのか」

憎々しげに言い捨てた鹿園に、わかった、と頷いた兄が、俺を真っ直ぐに見つめ問いかけてくる。

「……ええ、まあ……」

そのとおりです、と頷くと兄は「ちょっと失礼」と声をかけ、再び携帯をポケットから取りだしどこかにかけはじめた。

「ああ、清《きよ》さんですか。華代はいますか？　いる？　ちょうどよかった。申し訳ないが華代を至急、実家に連れて戻ってほしいんです……ええ、事情はまたあとから連絡します。とにかく急いで。実家についたら私の携帯に連絡を入れてください。いいですね？」

それでは、と兄は一方的にそこまで言うと、『清さん』というのはもしや、彼の妻が連れてきたというお手伝いさんの名前かな、と推測していた俺に向かい、

「失礼した」

と笑顔を見せた。

「香港マフィアが関係しているとなると、身の安全を図らせないといけない。私の傍《そば》にいないほうがいいだろう」

淡々とした口調でそう言う兄に対し、鹿園があからさまにむっとした顔になる。

「兄さん、わかってるのか？　義姉さんは兄さんと離婚をしたくて、こんな茶番を仕組んだんだよ？　そんな義姉さんの身の安全を第一に考えるだなんて人がよすぎるんじゃないの

か？」

「国民の公僕たる警察官の言葉とは思えないぞ、祐二郎」

鹿園兄が厳しい目で鹿園を睨む。

「勿論、わかっている……わかっているけれど……」

鹿園がやりきれないといった顔になるのを、俺は慰めようとしたのだが、それより前に兄がフォローしてくれ、やはりこの兄弟の間には誰も割り込めないのだなと思わしめた。

「きつい言い方をして悪かった。お前の気持ちは嬉しく思う」

「兄さん……っ」

「……あの、ちょっとよろしいでしょうか」

そのまま兄弟愛の世界が盛り上がっていきそうだったので、俺は無粋と思いつつもまた二人の間に割って入り、鹿園兄に質問を再開した。

「最近、身の回りで変わったことはありませんでしたか？　奥様の周辺でも……」

「……恥ずかしながら、妻とは最近、滅多に話すこともないのでね。なので彼女の周辺で何が起こっているかはまるでわからない状態だ」

「奥様が特定のホストに、かなりの金額をつぎ込んでいることもご存じなかったのですか？」

聞きづらくはあったが、確認せねばと思い問いかけると、兄は、

「ああ」

と頷き、深い溜め息をついた。

「金銭面に関しては、生活費以外は妻は自分名義の貯金からすべてまかなっていたようだ。私の給与から使うようにと言っても、聞く耳を持たなかった」

「……大変失礼ながら、離婚の話し合いをされたことは……？」

ますます聞きづらいと思いつつ問いかけると、兄は少し考えたのちに「いや」と首を横に振った。

「一度もない……が」

ここで兄は顔を上げると、真っ直ぐに俺を見据え口を開いた。

「彼女が離婚を望んでいるのなら、すぐにもしたほうがいいのかもしれないな。香港マフィアが接触したかったのは、彼女ではなく私だろうから……そう思わないか？」

「…………」

鹿園兄の問いかけに俺はなんと答えたらいいものか、と口を閉ざした。

「兄さん……」

兄の横では鹿園が、実に痛ましげな視線を彼へと向けている。

「……離婚はともかく、お兄さんと奥様、両方に護衛をつけるべきだとは思います。林の最終目的はわかりませんが、彼は恐ろしい男です。用心するに越したことはありません」

「わかった。すぐに護衛チームを編成する」

即答した鹿園に、兄が「すまん」と詫びる。

「兄さんが謝る必要なんてないよ」

鹿園はそう言い、兄の手を握り締めると、思い詰めた顔でじっと兄を見つめた。

「どうした？　祐二郎」

「……なぜ、香港マフィアが兄さんに目をつけたのか……」

心配で堪《たま》らない、といった様子の鹿園の肩を兄が「大丈夫だ」と叩く。

「自分の身くらい自分で守れるが、警視庁が警護してくれれば百人力だ」

「絶対に兄さんの身の安全は守るから」

きっぱりと言い切った鹿園は「すまない」と俺に声をかけたあと、電話をするためだろう、部屋を出ていってしまった。

二人になると、鹿園兄は浮かべていた微笑を引っ込め、はあ、と深い溜め息をついた。

「……あの……」

鹿園の前で虚勢を張っていたということか、と思いつつ、兄に声をかけてみる。

「大牙君」

と、兄もまた俺に呼びかけてきたので、何か言いたいことがあるのかな、と俺は、

「はい？」

とまず、彼の話を聞くスタンスを取った——のだが、彼が振ってきた話題は、今の状況にはおよそそぐわないものだった。

「いつも祐二郎と仲良くしてくれてありがとう。祐二郎の話題の九割は君のことだよ。同居は解消したんだって？　残念だね」

「あの、いえ、ええと……」

なんで俺と鹿園についての話を今するかな、と首を傾げつつも俺は、これは話しておいたほうがいいだろうと、にこやかな笑みを浮かべる鹿園兄に対し口を開いた。

「あの、奥様は確かにホスト遊びをなさっていたようですが、ホストと男女の仲ではないようです。なので浮気をされているか否かとなると、わからない、というのが正解のようで……」

「……大牙君は本当にいい子だね」

俺のしどろもどろな説明を聞いていた兄が、にっこりと微笑《ほほえ》み、なぜそうなるんだ、という言葉を告げる。

「いや、別に……」

『いい子』たりうる理由が一つも思い浮かばない——というより『子』ってなんだ、と首を傾げると、兄は尚もにっこりと笑い、その理由を説明してくれた。

「君は私が妻と離婚をすると言ったのを、彼女の不貞を疑ったためだと考えたんだろう？」

「あ、いえ……」

まさにそのとおりだったがそう答えるのは憚《はばか》られ、言葉を濁した俺に、

「違うんだ」

と兄はまた微笑むと、心持ち声を潜め、彼の真意を語り始めた。

「先ほどの言葉どおりだ。妻が離婚を望んでいるその理由はわからないが、彼女が離婚したいというのなら望みを叶えてやりたいと思っている。それが彼女にしてやれる最良のことだろうし」

「……そう、ですか……」

夫婦間のことは他人が口を挟めるようなものじゃない。それはわかっているが、苦笑するようにして告げた兄に対して、俺は『それでいいのか』的な言葉を告げたい衝動に駆られていた。

妻が離婚したいと望んでいるのなら、理由も聞かずに離婚するというのは、妻にとってはどうなのだろう。俺は鹿園の友人であるので、どちらかというと妻より兄側の立場にいたのだが、今の兄の言葉にはひっかかりを感じずにはいられない。

離婚したいのならしますす、というのは、兄には妻に対する愛情は最早《もはや》ないということだろうか、という気持ちが顔に出たのか、兄が困ったように笑い肩を竦める。

「大牙君の言いたいことはわかるよ……だが、妻の身の安全をまず考えたいと思っている。

私と離婚し無関係な人間になったほうが、彼女はより安全になると、君も思うだろう？」

「……それはそうかもしれませんね」

なんとなく釈然としないものは感じたが、これ以上家族の問題に口を出すのも悪いか、と思い、兄に頷いてみせた。

と、そのときドアが勢いよく開き鹿園が戻ってきたのだが、彼の表情は酷く厳しいものだった。

「ペニンシュラに向かった先発隊から連絡があった。既に林と思われる人物はホテルを引き払っていたそうだ」

「素早いな」

兄が驚いたように目を見開く。

「兄さん、今日からウチに来てくれ」

鹿園はそんな兄の前に駆け寄ると、すぐにも行こうとばかりに彼を立ち上がらせようとした。

「お前の部屋に？」

「ああ、兄さんの家は広大すぎて、警護が行き渡らない危険がある。僕のマンションならそういった危険がないから」

「わかった。ただ、自宅にも一応、警官を配備してほしい。使用人たちは暫《しばら》く休みを取らせるが、香川《かがわ》はおそらく家を守ると頑張るだろうから」

「……確かに、香川さんはそうだろうね」

やれやれ、と溜め息をつく鹿園が、一体誰のことを話しているのかという俺の疑問に気づき、早速答えてくれる。

「兄さんの家の執事だよ。代々鹿園家で執事をやっている執事の息子なんだが、父親以上に頑固者で兄さんも手を焼いている」

「こら、香川もよかれと思ってやってくれているんだ。彼の忠義心をそんなふうに言っては可哀想だろう」

優雅に会話を続ける兄弟を前に俺は一人、啞然としてしまっていた。

二人が当たり前のように口にする『執事』がいる家なんて、この東京に一体何軒あるというのだろう。それこそ鹿園家一軒じゃあ、と思いつつも、そういやかなり前に鹿園の実家に遊びにいったな、とそのときのことを思い出した。

広大な敷地内に、ここは日本旅館ですか、とつい聞いてみたくなるような広大な建物やら見事な日本庭園やらがある。そこで鹿園の父に紹介されたが、テレビでよく見る著名な政治家相手に酷く緊張している俺に対し、父親は実にフレンドリーに接してくれたものだった。

確かあの家にも『執事』と呼ばれるに相応《ふさわ》しい老人がいたように思う。あれが今話題に出ている『香川』の親か、と、俺がそんなことを考えている間に鹿園兄弟の間では、警護の話がまとまったようだった。

「それじゃあ、悪いが当分祐二郎の世話になることにしよう」

兄の言葉に鹿園が心底ほっとした顔になる。

「よかった。兄さんのことは何がなんでも守るから！」

力強く頷く鹿園に、兄がどこかくすぐったそうな笑いを浮かべながらこう告げる。

「祐二郎と久し振りにゆっくり話せるな」

「兄さん……」

こんなときに呑気《のんき》すぎるぞ、と兄の言葉にずっこけそうになったが、鹿園の呼びかけの語尾にハートマークがついていそうなことにも脱力し、俺は思わずまじまじとこの、仲の良すぎる兄弟を眺めてしまっていた。

「そうだ、夕食はどうする？」

「お前は仕事があるだろう。私が腕を振るうよ」

「兄さんの手料理なんて久し振りだ」

「期待するなよ？　暫く包丁を握ってないんだ」

「あ、あの……」

放っておくと、この和気藹々《わきあいあい》とした会話はいつまでも続きそうだったので、再度野暮と思いつつも俺は二人の間に割って入り、兄に質問を再開した。

「申し訳ないんですが、『美姫』と名乗った林とのやり取りについて、お伺いしてもいいですかね」

「ああ、かまわない……が、彼女――いや、彼か、とした会話は電話でのやりとりと、あとは今日、顔を合わせたときに少し話したくらいしか……」

「今日は何を話されましたか？」

俺が知りたいのは、林の目的だった。が、兄の返事は俺の望む答えを導き出してくれるものではなかった。

「本当に一言二言だ」

自分が美姫だと名乗ったのと、待ち合わせに来たことへの礼を言ったあたりで、鹿園に追い立てられるようにしてラウンジを出たということで、会話らしい会話はまるでしていないという。

「……これは義姉さんに話を聞きにいったほうがよさそうだな」

鹿園がそう言い、俺を見る。

「……そうだな」

鹿園の義姉が果たして『美姫』と接触を持ったかはわからない。が、その可能性は高そうだと俺も鹿園も見ていた。

「それならお前たちにお願いがある」

鹿園兄の言葉に、俺と鹿園、二人して彼を見る。

「なに？　兄さん」

「なんでしょう」

それぞれに問いかけた俺たちに鹿園兄が告げた『お願い』は、鹿園にとっても、そして俺にとってもあまり好ましいものではなかった。

「二人に妻の——いや、華代の警護を頼めないだろうか」

「それはちょっと……」

あからさまに嫌な顔となった鹿園に兄が、

「頼むよ」

と頭を下げる。

「私のせいで華代が危険な目に遭っていたら気の毒だからね」

「…………兄さん……」

頼む、と再度頭を下げる兄を前に鹿園が複雑そうな顔で佇《たたず》んでいる。鹿園の気持ちもわかる上に、俺も再度会《あ》いたい相手ではないが、それでも兄から林についてこれといった情報を聞き出せなかった今、何かしらの情報を得るために、すぐにも彼女のもとに話を聞きに行きたい気持ちに俺は陥っていた。

4

「まったく、人がいいにもほどがある」

翌朝、車が鹿園華代の実家に到着するまでの間、運転席で鹿園はずっと文句の言い通しだった。

「自分を陥れて好条件での離婚を切りだそうとしていた妻だぞ？　ここまで気を遣わなくていいと思わないか？」

「まあ、相手は香港マフィアだし、仕方ないいんじゃないか？　見殺しにするわけにはいかないだろう」

「それはわかってる。が、腹が立つものは立つ！」

鹿園は俺に対し、あまり怒った顔を見せたことがない。さすが人格者だな、と常日頃感心していたのだが、こと兄貴に関する件だとこうも感情的になるのか、と、彼の新たな面に感心しつつ——どちらかというと辟易《へきえき》しつつ、ようやく到着した田園調布の九重家の前で俺たちは車を降り立った。

門のインターホンを俺が押したのは、鹿園が嫌がったためだった。

『はい』

「あの、佐藤と申します。鹿園華代さんにお目にかかりたいのですが」

インターホン越しに聞こえてきたのは年配の女性の声だった。名乗った俺に、

『少々お待ちくださいませ』

と彼女が答え、インターホンが切れてから数十秒後に玄関のドアが小さく開いた。

「あら、祐二郎様」

和装の上品そうな老婦人が、俺に挨拶をするより前に視界に入ったらしい鹿園を見て、驚いた顔になる。

「どうも」

鹿園はぶすっとしたまま挨拶を返したが、一応紹介の労はとってくれた。

「こちら、清さん、清さん、こちら僕の友人の佐藤大牙」

「え？　祐二郎様のご友人でしたか？」

清というのは、華代が実家から連れてきたお手伝いではなかったか、と思い出していた俺の前で彼女が驚いた声を上げたとき、

「清、何してるのよ」

という、不機嫌極まりない華代の声が響いて来た。

「あ、お嬢様」

清が困ったように振り返る。華代の実家は、門から玄関までの距離がかなりある。そのため華代は俺以外に、傍に佇んでいた鹿園の姿を見出したようだった。

「ちょっと？　探偵が来たんじゃないの？」

さも清が間違えたと言わんばかりの言い様だったが、清は自己主張をせずただ、

「も、申し訳ありません」

と詫びている。老女の恐縮するさまは気の毒でしかなく、言い訳をしない彼女にかわり俺が無実を証明してやることにした。

「すみません、探偵の佐藤も来ています。至急、お話ししたいことがありまして」

「……どういうことよ？　あなたまさか、私の依頼を夫や義弟に喋ったの？」

華代が清を押しのけ、物凄い剣幕で俺に向かってきた。

「探偵には守秘義務があるんじゃないの？　信じられない！　あなた、最低よ!!」

「お、落ち着いてください。人目もありますので、中で話をさせてもらえませんか？」

閑静な住宅街に、ヒステリックな声を響かせては、華代もまた体裁が悪かろう。俺としては思いやりを見せたつもりだったが、興奮した華代は聞く耳を持とうとしなかった。

「帰って！　訴えてやる！　とっとと帰りなさい！　警察呼ぶわよ！」

「その警察です」

と、横から実に冷静な鹿園の声がしたかと思うと、彼は華代を押し戻すようにして強引に

家に上がろうとした。

「ちょっと祐二郎さん、どういうつもり？」

華代は喚《わめ》き立てたが、所詮《しょせん》腕力では鹿園にかなわず、鹿園に引き摺られるようにして屋敷へと向かっていく。

「離しなさいよ！」

「お、お嬢様」

喚き立てる華代お嬢様と、おろおろしつつも二人のあとに続く清に俺も続き、屋敷内へと入っていった。

「一体なんなの？」

華代は完全に怒っていた。建物内に入ると俺たちを玄関から上げようとせず、きつい目で睨み付けてくる。

「まず質問させてください。最近身の回りで何か不審なことはありませんでしたか？」

華代は鹿園とは目も合わせず、俺ばかりを睨み付けてきたので、必然的に俺が彼女から話を聞く役になった。

「知らないわよ」

だが彼女にとっては俺もまたむかつく相手らしく——そりゃそうだろう——吐き捨てるようにそう言うと、今にも『出ていけ』と言いそうな顔をする。

「それでは、この家に戻られてからはどうです？　不審者が周辺をうろついていた、などということはありませんか？」

「……あ、あの……」

俺の質問に華代はそっぽを向いただけだったが、横から清がおずおずと問いかけてきた。

「何かあったのですか？」

早くも林が手を回してきたか、と緊張しつつ問いかけた俺に、顔色を失った清がふるふると首を横に振る。

「いえ、あの、そうではありませんで、何かお嬢様の身に危険が迫っているのかと……」

それが心配になりまして、という彼女の言葉を聞き、なんだよ、と俺は内心溜め息をついたのだが、清の発言がありがたいことに華代の注意を惹いてくれた。

「……危険って何よ」

相変わらずむっとした顔のまま、華代が俺に問いかけてくる。どう話そうかと一瞬俺は迷ったが、最初に『身の危険』を知らせておいたほうが話が早いだろうと判断し、口を開いた。

「単刀直入に申し上げます。ご主人に香港マフィアが接触してきました。それでご主人は奥様の身の安全を考え、あなたにご実家に戻るよう指示されたのです」

「香港マフィア？　何よ、それ」

華代が唖然とした顔になり、俺を見る。俺が守秘義務を破った言い訳をするのだろうと構えていたところに、馴染みのない単語が出てきたからだろう。

一般人に『香港マフィア』の恐ろしさを説明するのは難しいが、そうも言っていられない、と俺は、嚙《か》んで含めるような口調で彼女に説明を始めた。

「香港マフィアは、日本のヤクザとは比べものにならない、残忍な行為を平気でする集団です。昨夜あなたに指定されたホテルに向かったところ、ご主人がその香港マフィアの人間に接触を持たれそうになっているところに遭遇しました」

「な、なんだって主人が？　だって、あのホテルに現れるのは主人の浮気相手じゃなかったの？」

華代は今や真っ青になっていた。おそらく、彼女にも後ろ暗いところがあるのだろうと察したのは俺だけではなかったようで、鹿園もまた探るような目で彼女を見ている。

「……すみません、少し話が長くなりますので、上がってもよろしいでしょうか」

彼女の『後ろ暗い』部分を聞き出さねば、という思いから、俺はあきらかに動揺している様子の華代にそう切り出してみた。

「……わかったわ」

華代は相変わらず怖い顔をしていたものの、顔色は悪かった。心なしか声も震えている。

「お嬢様……」

心配そうに声をかけてきた清に華代は「お茶をお願い」と命じると、俺だけを見つめなが

ら、

「どうぞ」

と中へと促した。

「お邪魔します」

声をかけ、靴を脱いで上がろうとする。清がすぐにスリッパを用意してくれたのだが、俺に続いて鹿園も靴を脱ぐと、華代は彼にもスリッパを出そうとした清に「早くお茶を」と厳しい声を出した。

「は、はい」

清がすみません、というように頭を下げつつ、奥へと引っ込んでいく。鹿園は清が途中で放り出すことになったスリッパを自分で揃えそれを履いた。

その様子を見ていた俺の耳に「どうぞって言ってるのよ」という不機嫌な華代の声が響く。

一体この二人の間の確執はなんなんだ、と首を傾げながらも、今はそれどころじゃないかと気持ちを引き締め、俺は華代のあとに続いた。

通された場所は、いかにも「応接室」というに相応しい、重厚な雰囲気の立派な部屋だった。

清が部屋に来る前に、と俺は、強張った顔のまま前に座った彼女から真実を聞き出そうと身を乗り出し、じっと目を見つめて問いかけた。

「奥さん、一つ教えてください。ご主人の浮気調査を思いつかれたのに、何かきっかけがあったのではないですか？」

「きっかけ？」

問い返す華代の声は、はっきりと震えていた。やはり、と思いつつ俺は、できるだけ彼女を刺激しないようにと心がけながら、静かな口調で話を続けていった。

「はい。昨日事務所でお話しくださった、ご主人の携帯を盗み見たというのは、嘘だったのではないですか？」

「……っ」

華代がはっと息を呑《の》んだあと沈黙する。それが答えか、と思いつつ俺は『ご主人』から聞いた話を彼女に伝えた。

「ご主人は香港マフィアに——見た目はあなたの言うとおり、長い黒髪の持ち主である女性でしたが——奥さん、あなたの浮気について話があると言われ、ホテルに呼び出されたそうです」

「……っ」

またも華代ははっとした顔になったが、引き結ばれた彼女の唇が開くことはなかった。彼女に喋らせるにはどうしたらいいかと一瞬俺は考え、やはり『事実』をぶつけるしかないか、と心を決めた。

「大変申し訳ないのですが、奥さんのことを少し調べさせていただきました。今、新宿のホストクラブ『ホワイトブレス』に通っていらっしゃいますね？」

「……なんで私のことを調べるのよ」

ここでようやく華代は口を開いたのだが、彼女の声は低く、目には怒りの炎が燃えていた。

「理由はあとから申し上げます……が、あなたは確かにホストクラブには通っていましたが、『浮気』などはしていない。そうですよね？」

俺の言葉に華代は、三度《みたび》はっとした顔になったが、やがて、はあ、と深く息を吐き横を向いてしまった。

「奥さん、このタイミングでご主人の浮気調査をご依頼になった理由はなんなんです？」

「…………」

華代が沈黙する中、ノックの音が響き、清がお茶を載せた盆を持って室内に入ろうとする。

「今は来ないで」

と、華代が彼女を制した。

「は、はい……」

可哀想に、清はおどおどした顔のまま盆を持って引っ込み、バタン、とドアが閉まる音が室内に響いた。

「……主人は、私が浮気調査をあなたに依頼したことを知っているの？」

暫くしてから華代が、俯《うつむ》いたままそう問いかけてきた。

「……香港マフィアがかかわっているとわかったために、言わざるを得ませんでした。勿論、奥様のホストクラブ通いのことは申し上げていませんが」

俺の答えに華代はまた深く息を吐いたあと、ぼそり、と呟くような口調で再度問いを発した。

「……それで？　あの人はなんと？」

「……奥様が望まれているのであれば、離婚はすると」

正直、この答えを口にすることを俺は躊躇《ためら》った。きっと華代が傷つくとわかっていたためだ。

なのに告げたのは、嘘をつくわけにはいかないと思ったからだった。

「…………………」

予想どおり、華代は酷く衝撃を受けた顔になった。呆然としたまま黙り込む彼女に、なんと声をかけていいのかと迷った挙げ句、俺が口にしたのは慰めにもならない言葉だった。

「……ご主人は、奥様によかれと思い、そう仰ったのだと思います。今、離婚を考えられたのも、香港マフィアからあなたを守りたいというお考えからで……」

「……もう、いいわ」

最後、しどろもどろになった俺の言葉を遮ったのは、華代の掠《かす》れた声だった。

「…………」

泣いているとしか思えない声音に、つい顔を見てしまう。やはり彼女の頬は涙に濡《ぬ》れていたが、目には相変わらず怒りの炎が燃えていた。

「話すわ。全部」

華代はさりげなく頬を伝う涙を拭《ぬぐ》ったあと、淡々とした口調で話し始めた。

「電話があったの。『あなたのご主人が浮気をしている』って。二十日の夜七時にペニンシュラで密会するから、探偵を雇ってその場面を写真を撮らせるといいって」

「……それを信じたのですか？」

そんな電話があったとしても、そうも怪しげな話に普通乗るだろうか、と首を傾げつつ問いかけた俺の前で、華代の顔が歪んだ。

「？」

どうしたのだと声をかけるより前に、華代が両手に顔を埋《うず》め、叫ぶようにしてこう告げる。

「……脅されたのよ……っ。ヨシキとのことを週刊誌に売るって……彼と一度だけホテルにいったときの写真が送りつけられてきたのよ」

「……え……？」

それではやはり浮気をしていたのか、と思わず声を漏らした俺に華代が絶叫といっていい声を上げる。

「仕方ないじゃないの！　あなたに私の気持ちはわからないわよっ」

「…………」

確かに少しもわからない。が、そう言えば更に彼女を激昂させることはわかっていたので、それは言わずに俺は話の続きを促した。

「……脅迫され、仕方なく探偵に——俺に依頼したということですね？　脅迫者はどんな人物でしたか？」

「……電話でしか話していないからわからない……でも、女のようだったわ。ハスキーヴォイスの」

「…………」

それを聞いた瞬間、俺の頭に浮かんだのは奴の——林の顔だった。

「名乗りましたか？」

尋ねる声が震えそうになる。必死でそれを堪《こら》え声を発した俺に華代は、

「美姫と」

と答えたあと、何を思ったのかすっと顔を上げ、俺を真っ直ぐに見つめてきた。

「はい？」

なんだ、と問い返したとき、俺は正直、こうも驚かされることになろうとは、想像もしていなかった。

「あなたに依頼をしろと言ったのもその『美姫』よ」

「なんですって⁉」

驚きが俺に大きな声を上げさせたが、次の瞬間には、もしや、と『美姫』の——林の意図に気づき、『まさか』と声を上げそうになった。が、それをまたも華代のヒステリックな声が制した。

「それで全部よ。電話は携帯からで、鹿園の家にかかってきたわ。私は言うとおりに動くしかなかった。確かに離婚は望んでいたけど、こんな形で迎えるつもりはなかったわ」

「でもホストと浮気したのでしょう？」

俺は何も言うつもりはなかった。だがこれまで彼女の話を聞いていた鹿園は、相当憤っていたらしい。いきなり彼がそう言い出したのに、俺も、そして華代も一瞬唖然として彼を見やった。

「被害者ぶるのもいい加減にしてください。兄をこれ以上、苦しめないでくれ」

さすがブラコン——なんて言うとふざけるなと怒鳴られそうな勢いで、鹿園はそう言い捨てると、きつい眼差しを義姉に向ける。

「あなたにだけは言われたくないわ！」

と、華代もまた鹿園を睨み付け、大声を上げた。

「なにを⁉」

気色ばむ鹿園を「落ち着けよ」と諫《いさ》めようとした俺の声に被せ、華代の悲愴《ひそう》——としかいいようのない声が響く。

「主人のプライオリティの一番はいつも弟のあなただった！　自分よりも弟を第一に考える夫に、耐えられると思う？」

「馬鹿な！　兄弟と夫婦は違うだろう」

鹿園が心底呆れた口調でそう告げた、それに華代は激昂してしまったようだった。

「違わないわよ！　あの人は私が何をしようが、まったく関心がなかった！　ホストクラブに通おうが、特定のホストに入れあげようが、まるで無視よ！　なのにあなたが風邪を引いたといえば勤めを休んで見舞いに行き、あなたから連絡があれば、何をおいてもほいほい出かけていく。そんな夫を、愛せるわけないでしょう！」

華代はそう言うと、同意を求めるように俺を見た。

「…………」

兄弟と夫婦、それぞれに愛情を持っているということじゃないか、などの言葉をかけようとしたが、華代の目から止めどなく流れ落ちる涙を前にしては、何も言えなくなった。彼女の気持ちもわからないでもない、そう思ってしまったためだ。

だが鹿園には、義姉の気持ちは欠片《かけら》ほどもわからないようだった。

「義姉さんだって、自分の親兄弟の身に何かあれば、兄を置いてでも駆けつけるでしょう」

何を馬鹿な、と言いたげな語調に、華代が絶叫で答える。

「あなたにはわからない！　常に二番手でいる辛さが！　しかも一番は実の弟よ？　馬鹿にするんじゃないわよう！」

そこで華代の気持ちの糸はぷつりと途切れたらしい。大声で泣き始めた彼女を前に俺も、そして鹿園も言葉を失い、どうしたものか、と顔を見合わせてしまった。

「お義姉さん……」

困り果てた鹿園が呼びかけると、華代は、それを拒絶するように尚も大きな声で泣きじゃくる。

ここは清さんにでも宥めてもらったほうがいいんじゃないか、という俺の提案を鹿園は聞き入れ、彼女を呼びに行ってくれた。

二人きりになっても泣き続けている華代に俺は、何か言ってやりたいと思いながらも、気の利いた言葉一つ、思いつかずにいた。

だが、これだけは伝えてやりたいと、耳を傾けてもらえる自信はないながらも彼女に訴えかけてみた。

「……先ほども申し上げましたが、ご主人が離婚に同意されたのは、あくまでも、香港マフィアから奥さん、あなたを守るためです。そのことがなければご主人は、離婚しようとは考えなかったはずです」

「下手な慰めはやめてよ！」

だが俺の言葉は華代にとってはまったく救いにはならず、かえって彼女の心の傷を広げてしまったようだった。

「そりゃ自分から離婚するなんて思いつかないでしょうよ。あの人は私に興味の欠片もないんだから！　十年間、十年間ずっと、私は我慢してきたの！　妻の私より常に弟を優先するあの人に！　もう無理よ。これ以上はもう、無理なのよ……っ」

うわーっとまた大声を上げ、華代が泣き出す。と、ちょうどそこに鹿園に呼ばれた清がやってきた。

「お嬢様、どうされたのです？」

おろおろしながらも彼女が華代の背をさする。

「泣かないでくださいませ。お嬢様、お嬢様」

清までもが泣き出しそうになりつつも、必死で華代を宥めようとしている。もうかけるべき言葉はない、と途方に暮れていた俺の前で鹿園は清に、当分家の周囲を警察が警護する旨伝えると、

「行こう」

と俺を振り返った。

「……いいのか？」

このまま帰って、と華代へと視線を向ける。と、鹿園は首を横に振り、

「僕がいないほうがいいだろう」

と小さく呟いた。

「…………」

まあ、そうだろうなと俺も思ったので、一応清に「お邪魔しました」と声をかけ、鹿園と共に彼女の実家をあとにしたのだった。

このままでは運転ができない、少し歩こう、と鹿園に誘われたため、警護の下見もかねて屋敷の周りをぐるりと一周することにした。彼と肩を並べて歩きながらも黙り込む鹿園の表情は複雑で、取り乱す義姉を目《ま》の当たりにした動揺を未だ引き摺っているようだった。

はあ、と溜め息を漏らした彼を慰めたくて、「なあ」と声をかけた、その俺の声と、

「まったくわからない」

ぼそりと呟いた鹿園の声が同時に響いた。

「え？」

何が、と問い返す俺を見やり、鹿園が納得いかない、という顔で口を開く。

「兄弟同士仲が良い——それのどこがいけないんだ？　弟に対する愛情と妻に対する愛情は別物だろう？　普通」

「まあ、普通はそうだと思うが……」

なんと鹿園は落ち込んでいたのではなく、激怒していたのだった。彼の言うことはまったくもって正論ではあるのだが、兄弟のやり取りを実際に見た身としては、華代の言い分もわかる、とつい思ってしまう。

兄思い、弟思い、という『兄弟愛』は美しいものだとも素晴らしいものだとも勿論思うのだが、鹿園兄弟レベルに仲の良い兄弟はそうそういないんじゃないかと思うのだ。

それが悪いとはいえない。が、そんな二人に対し疎外感を持った華代に対してもまた、それはあなたの勘違いですよ、とは言えなかった。

「一番も二番もないだろう。もともと違うカテゴリーにいるんだ。順位付けなど意味がない」

だが当事者である鹿園にそれを理解しろというのは無理なんだろう。理解どころか彼は、義姉に対して酷く憤りを感じている。

「そんな馬鹿げた理由で浮気するだの離婚するだの、兄が気の毒だ」

「…………」

だからお義姉さんが言っているのは、そういうことをお前がさらりと言えてしまうところなんだよと教えてやろうかと一瞬考えたが、きっと理解できまいとも思ったし、何より他人が口出しする問題じゃないかとも思ったので、話題を切り替えることにした。

「ともかく、林から彼女にコンタクトを取ってきたことがわかったんだ。となるとやはり奴の目的はお兄さんということになるな」

「ああ、兄が心配だ……」

俺の言葉に、それまで怒りまくっていた鹿園の顔が途端に心配そうな表情になる。

そういうところも多分、お義姉さんは気に入らなかったのかもよ、とまた言いたくなったが、今回も胸に留《とど》めておいた。

「厳戒態勢だ。兄の身の安全は僕が守る！」

拳を握り締め、鹿園は決意を新たにすると、

「すぐ戻ろう」

と俺に声をかけ、車を停めた方向へと大股《おおまた》で歩き始めた。

「俺は一度事務所に戻るよ」

鹿園の向かう先は警察か、もしくは既に兄がいる彼の自宅だろう。心配ではあるが俺が行ったところで役に立てる気はしないし、それに林のあとを追ったまま連絡が途絶えた麻生や春香のことも心配だったので、鹿園にそう声をかけると、なぜか彼は、はっとした顔になり、踵《きびす》を返しかけた俺へと駆け寄ってきた。

「大牙！」

「なに？」

いきなりなんだ、と俺の手を両手で握り締める彼を見る。

「誤解しないでくれ。僕にとっては、兄とお前、どちらが一番、ということはないんだ」

「……はい？」

意味がわからない、と首を傾げる俺に鹿園は、

「カテゴリーが違うんだ。兄は兄弟、お前は親友だ。わかってくれるよな？」

と、それだけ言い捨てると、酷く照れた顔になり「それじゃ！」と勢いよく道を駆け出していってしまった。

「おいっ」

なんで今、そんなことを言い出したんだ、とさらに首を傾げたそのとき、ポケットに入れていた携帯が着信に震えた。もしや麻生か、と慌てて取りだし、ディスプレイを見る。

「？」

どこかで見た番号が並んでいたが、すぐに誰と思い出せない。まあ出てみるか、と応対に出た俺の耳に、酷く蠱惑《こわく》的な、低いハスキーヴォイスが響いてきた。

『久し振りだな。佐藤大牙』

「……っ」

笑いを含んだ声音を聞いた瞬間、俺の背筋を戦慄《せんりつ》が走った。

忘れようにも忘れられない声の主は、遠目にその姿を垣間《かいま》見ただけで俺を震撼《しんかん》させた男――冷酷な香港マフィアのボスの息子、林輝その人だった。

『どうした。再会を喜ぶあまり、声も出ないのか？』

ふふふ、と含み笑いをする林《リン》は、声だけで彼だと俺がわかると微塵《みじん》も疑っていなかった。

今頃になって俺は、ディスプレイに浮かんでいた番号が、鹿園《しかぞの》の兄の携帯にかかってきた『美姫《みき》』の番号と同じであったと思い出していた。

『私も嬉しい。お前にまた会えてな』

電話の向こうの美姫――否、林は上機嫌であるようだった。対する俺は先ほどからびっしょりと全身に汗をかいた状態で、言葉を発することもできずに携帯を握り締めていた。

『しかし相変わらずさえないな。顔立ちもそうだが、服も靴も安物で、褒めどころが一つもない』

「…………」

酷い言われようだとむかついてもいいところだが、相手が林だけにどうリアクションをとっていいかわからず黙り込む。

『ジョーはお前のどこがいいのだか』

だが耳に当てた携帯から、『ジョー』という名が——華門《かもん》の名が聞こえた途端、俺は思わずはっとし息を呑《の》んでしまっていた。

『ジョーは元気か』

相変わらず、林の口調は上機嫌で、声音は笑っているように聞こえる。が、電話の向こうの彼の目は、きっと笑ってはいまい、と俺は察していた。

『頻繁に会っているようじゃないか。お前もジョーも暇なのだな』

俺が口を利かないでいることなど、少しも気にならないように、林は一人で喋《しゃべ》り続ける。

『お前たちは会えばいつもセックスをしている。そんなにジョーのセックスはいいのか？まあ、いいだろうな』

揶揄《やゆ》するように言いながらも、林の声に苛立《いらだ》ちが混じったのを俺は聞き逃さなかった。が、そこを突っ込むこともまたできずにいた。

華門饒《じょう》——林が『ジョー』と呼ぶその男と、確かに俺は、ひと月に二、三回のペースで会っている。会えばかならず抱き合うというのも事実だ。

林と華門とは昔馴染《なじ》みであるそうなのだが、本当に林は俺と華門との逢瀬《おうせ》をチェックしていたのだろうか。それともこれは単なる彼のハッタリか。

判断がつかないゆえ、黙り込むしかなかった俺の耳に、林の低い声が響く。

『ジョーに伝えろ。私のもとに戻れと。さもなくば、佐藤大牙《さとうたいが》、お前の周りの人間が順番に死ぬことになる』

「……なんだって……？」

さすがにもう黙り込んではいられず、俺は思わず電話の向こうに問いかけてしまっていた。

『最初は縁の遠い人間から一人ずつ……一人目は鹿園理一郎《りいちろう》。次に鹿園祐二郎《ゆうじろう》。彼より先に麻生恭一郎《あそうきょういちろう》にするか？　高橋春香《たかはしはるか》という選択肢もあるな』

「待ってくれ。皆、華門とは関係ないじゃないか！」

林は笑っていたが、彼が本気であることは問い質《ただ》さずともわかった。それゆえ叫んだ俺の耳に、高く笑う林の声が響く。

『それが嫌なら、すぐにジョーに連絡をすることだ。それではな』

さも可笑《おか》しそうに笑いながら林は電話を切ってしまった。

「もしもし？　もしもし？」

慌てて電話に向かって声をかけ、無駄と察して今来た番号にかけ直したが、コール音が鳴るばかりで再び林の声が電話から響いてくることはなかった。

どうしたらいいんだ――いいアイデアが浮かぶことなどまるでなく、呆然《ぼうぜん》と立ち尽くす俺の脳裏に彼の――華門の顔が浮かぶ。

相談すべき相手は彼しかいない。が、果たしてこれは『相談』ですむのかと、俺は迷っていた。

林は宣言したとおり、俺の周囲の人間を一人ずつ殺していくつもりだろう。それを阻止することが、果たして日本の警察にできるのか。

あまりに易々《やすやす》と鹿園の義姉の浮気を突き止め、なんの苦労もなく兄の携帯番号を知り得て連絡を入れてくる林。彼にかかれば警察の警護の手をかいくぐり、鹿園の兄の命を奪うことなどあまりに容易《たやす》いのではないだろうか。

となると、鹿園兄の身の安全のためには、林の要求を飲む必要があるということになる。が、彼のもとへ華門を戻すなど、俺にできようはずがなかった。

どうするか、と困り果て立ち尽くす俺の頭に、華門の顔がまた浮かぶ。

華門はあまり、感情を面に出すことはない。が、それだからこそ、彼が微笑《ほほえ》んでくれたときに俺は、酷《ひど》く満ち足りた気持ちになるのだった。

それがなぜなのか、まだ自分の中での答えは出せていない。とはいえ、もしも林の要請を聞き入れるとなれば、俺が好ましく思ってやまない華門の笑顔は永遠に失われることになるだろう。

どうしたらいいのか、と溜《た》め息《いき》をつく俺の頭に、不意に妙案が浮かんだ。

「……そうか……っ」

それしかない、と思わず拳《こぶし》を握り締め呟《つぶや》く俺の顔は笑っていた。そうとなれば一刻も早く『彼』と話をしなければ、と俺は急いできた道を引き返し、タクシーを捕まえるべく大通りへと向かったのだった。

事務所に辿《たど》り着くと、すぐに携帯を開き『彼』の番号を呼び出した。

ワンコール、ツーコール——呼び出し音を聞く俺の目の前で、事務所の扉が音もなく開く。

「どうした」

電話に出ることなく、その場に現れたのは、華門だった。俺は思わず携帯を放り出し、彼へと駆け寄っていた。

「華門！」

「…………」

抱きつく俺の背を華門の腕が抱き締める。顔を上げるとすぐに彼の唇が落ちてきた。

「ん……っ」

噛《か》みつくようなキス、という表現がぴったりの激しいキスに、自身の劣情が急速に煽《あお》られていくのがわかる。話をするために呼び出したのに、と、欠片《かけら》ほどに残っていた理性を働かせ、華門の胸を押しやろうとしたのだが、逆に力強く抱き締められ、きつく舌を吸われた結果、理性は欲望に流されていってしまった。

キスをしたまま華門は俺の身体《からだ》を押しやるようにして事務所の中に入り、来客用のソファに押し倒した。

「うわ……っ」

そのまま手早くシャツを脱がされ、続いてベルトを外される。なんたる早業といつも感心してしまうのだが、華門はあっという間に俺を全裸に剝《む》くと、自分はいつもの黒ずくめの格好のまま俺の胸に顔を埋《うず》めてきた。

「や……っ……ん……っ」

片方の乳首を口に含まれ、もう片方を指先で摘《つま》み上げられる。軽く歯を立てられると同時に、きゅうっとそれを抓《つね》り上げられた俺の口から、早くも堪《こら》えきれない声が漏れ始めていた。

「あっ……ん……っ……や……っ」

華門とこうして抱き合うようになってから、やたらと乳首を弄《いじ》られるのに弱くなった。女のように腰を捩《よじ》り、声を上げる自分を受け入れがたく思ってはいるのだが、確実に身体が変化している自覚はある。

もしかして俺の身体は華門によって『開発』されたのかもしれない。そんな、どこのAVだよという表現を自嘲《じちょう》する余裕はなかった。

散々胸を舐《ねぶ》ったあと、華門の唇が腹を下って下肢へと辿り着き、勃ちつつある俺の雄を咥《くわ》えてしまったからだ。

「やっ……」

女性経験はそう豊富じゃない上に、フェラチオをしてもらったことは皆無のため、華門の口淫《こういん》がどれほどのレベルであるか、比べる対象はないものの、一気に俺を絶頂へと導いていく彼は、相当テクニシャンなのではないかと思う。

そういや以前、華門にフェラチオが下手だと揶揄されたこともあった——なんてことを、思い出す余裕も勿論《もちろん》、俺にはなかった。竿《さお》を扱《しご》き上げられながら先端のくびれた部分をざらりとした舌で舐《な》め上げられ、尿道を舌先でぐりぐりと抉《えぐ》られてはもう我慢できなくなり、最初から開いていた両脚を華門の背へと回し、腰を突き出してしまっていた。

「…………」

ただでさえ寡黙な華門の口は、今俺の雄で塞《ふさ》がっている。その彼が顔を上げ、目だけで笑いかけてきた、それを見た瞬間、すっかり忘れていた——忘れるなという感じだが——羞《しゅう》恥《ち》の念が蘇《よみがえ》ってきた。

「ちが……っ」

もういってしまいそうだから、次なる行為が欲しい。行動でそれを示してしまった自分が恥ずかしい、と慌てて首を横に振ろうとした俺に構わず、華門はすっと身体を起こすと、俺の両脚を抱え上げ恥部を露《あら》わにした。

「……や……っ」

弄られる前から入り口が酷くひくついているのがまた恥ずかしく、顔を背けた俺の頭の上で、くす、と笑う華門の声がしたと思った次の瞬間、ひくつくそこに彼の指がぐっと挿入されてきた。

「ん……っ」

ぐちゃぐちゃと中をかき回しつつ解《ほぐ》していくその指を追うように、内壁が更に活発にひくひくと蠢《うごめ》く、そんな自分の身体には慣れることがやはりできず、戸惑いからついまた華門を見てしまう。

「……挿《い》れるぞ」

と、華門がぼそりとそう呟いたかと思うと、すっと指を引き抜き、再び俺の両脚を抱え上げた。いつの間に下ろしていたのか、足首まであるコートの前を開いていた彼のスラックスのファスナーの間から、既に勃ちきっていた彼の雄が覗《のぞ》いていた。

「……あ……」

目が釘付けになっていたことをまたも華門にくすりと笑われ、あまりに物欲しげだったかと再び、羞恥の念に捕らわれた。が、それも華門が俺の両脚を抱え直し、更に高く腰を上げさせた上で、待ち侘《わ》びひくつきまくっていたそこに彼の逞《たくま》しい雄をねじ込んできたときには、遥《はる》か彼方、遠い星の向こうへと飛び去ってしまっていた。

「あっ……はぁ……っ……あっ……あっ……あっ……」

一気に奥まで貫かれたあとには、激しい突き上げが待っていた。互いの下肢がぶつかり合うのに、パンパンと高い音が響き渡るほどの力強さをみせる華門の律動は、どれほど繰り返されても少しも速度が落ちず、それどころか次第に加速して俺を快感の絶頂へと追い立てていく。

「もうっ……あぁっ……もうっ……もうっ……あーっ……」

彼の愛撫《あいぶ》で昂《たか》まりまくっていた俺は、早くもギブアップを華門に申し出ていた。喘《あえ》ぎすぎて息が苦しく、鼓動ももう限界というほどに高鳴っている。

全身は火傷《やけど》しそうなほどに熱くなり、この熱を解放しないとどうにかなってしまいそうだった。

女性とのセックスでここまで追い込まれるほどの快楽を得たことは正直いってない。このままおかしくなってしまうかも、という恐怖心を抱《いだ》いたのは、華門に抱かれて初めて得た感覚だった。

酷く甘美なその恐怖心に突き動かされ、俺は自分で自分の雄を扱き上げ、達してしまおうとした。が、一瞬早く華門は俺の手から雄を奪うと、勃ちきり先走りの液でベタベタになっていたそれを一気に扱き上げてくれた。

「アーッ」

直接的な刺激を受けてはもう耐えられず、自分でもびっくりするような高い声を上げて俺

は達し、華門の手の中に白濁した液をこれでもかというほど放ってしまった。

「……っ」

射精を受け激しく収縮する後ろに締め上げられたせいか、華門もまた達したようで、ずしりとした精液の重さを中に感じる。

過ぎるほどの快感に、ああ、と我知らず溜め息をついていた俺は、華門に、

「大丈夫か」

と問いかけられ、はっと我に返った。

「あ……ああ」

頷《うなず》いた途端、華門に再び俺の両脚を抱え上げられ、ぎょっとする。

「え？」

「大丈夫なんだろう？」

問いながら華門が腰の律動を再開する。

「いや、その……っ」

まだ息も上がりまくっていたし、鼓動も速まったままだった。それゆえ休みたい、と申請しようとしたというのに、華門は既に聞く耳を持ってはいなかった。

「やめ……っ……あぁ……っ」

さっき達したばかりであるはずであるのに、少しも硬度を失っていない彼の雄が抜き差し

されるたび、ぐちゅぐちゅという淫靡《いんび》な音が辺りに響き渡る。その音がすっかり疲弊しているはずの俺の欲情を再び駆り立てていくのに、そう時間はかからなかった。

「あぁっ……あっ……あっあっあっ」

力強い華門の突き上げに、先ほど以上の高い声が唇から漏れていく。またも甘美な恐怖心に襲われる予感を抱きながらも俺は、激しく俺を突き上げる華門の黒いコートの背に、両手両脚でしがみついていったのだった。


「水だ」

頬《ほお》に冷たさを感じ、はっとして目を開いた俺の視界に、相変わらず感情を表に出さない華門のポーカーフェイスが飛び込んできた。

「あ……」

起き上がると、おそらく華門がかけてくれていたんだろう、上着が腹の上から床に落ち、キスマークがこれでもかというほどつきまくっている、裸の胸やら腹やらが露わになった。

上半身だけじゃない。内腿《うちもも》にもしっかり、赤黒い吸い痕《あと》は残っていた。それを思わず目で追っていた俺の、その目の前にペットボトルが差し出される。

「飲まないのか」

「いや、もらうよ」

受け取り「ありがとう」と礼を言うと、華門が唇の端をきゅっと上げるようにして微笑み、いつもの台詞《せりふ》を口にした。

「どういたしまして」

「…………」

何度聞いてもつい、笑ってしまいそうになる。俺の周りだけかもしれないが、この『どういたしまして』を口にする人間はそういない。

英語では『Thank you』といえば必ず『You are welcome』と返ってくるのが定番だが、日本人同士の会話ではなかなか新鮮な言葉なのではないかと思う。

普段寡黙な彼であるのに、律儀に『どういたしまして』を口にするところがなんともいえずに面白い、と、その言葉を聞くたび俺は、つい笑ってしまうのだが、華門には俺が笑う理由がまったくわからないらしく、眉《まゆ》を顰《ひそ》められる。

その顔を見てまた笑ってしまうのだけれど、と思いながらペットボトルのキャップを外し、ごくごくと水を飲んでいた俺は、しまった、今はこんなふうにほのぼの和んでいる場合じゃない、と今更のように気づいた。

「華門」

「なんだ？」

呼びかけると華門は返事をしてくれながら、すっと右手を差し出してきた。

「え？」

「まだ欲しいのか？」

彼の視線がほぼ空になったペットボトルに注《そそ》がれていることがわかり、違う、と首を横に振る。

「それならなんだ」

水ではないのか、と少し意外そうな顔になった華門だが、続く俺の言葉を聞きますます意外そうに眉を顰めた。

「頼みがあるんだ」

「頼み？」

首を傾《かし》げ問い返してきた彼に、俺は、本来なら抱き合うより前に言わねばならなかったことを、ようやく彼に切り出したのだった。

「ボディガードを引き受けてもらいたいんだ。鹿園の兄の」

「ボディガードだと？」

その瞬間、滅多に見られないものを俺は目にすることになった。華門が心底驚いたように目を見開いたのだ。

「…………」

　こうも彼が感情を露わにするところなど、見たことがなかったと思わずまじまじと顔を見上げてしまう。と、華門は俺の視線がうざったいといわんばかりにすっと目を伏せ、いつものクールな表情に戻ってしまった。

「あ……」

　どうやらむっとしたらしい彼を見て、しまった、と俺は慌ててフォローを入れようとしたのだが、それより早く華門の口が開いた。

「断る。俺は殺し屋だ。ボディガードは管轄が違う」

「わかってる。でも、鹿園の兄貴を守れるのはお前しかいないんだ！　金は払うからっ」

　そう、華門にボディガードを頼むことを閃《ひらめ》いたからこそ俺は彼に電話をかけたのだった。報酬がいくらかはまるで想像がつかない。が、どんな大金を払ってでも俺は、彼にボディガードをやってもらうつもりだった。

　林の魔手から鹿園兄の命を救えるのは華門しかいない――そう思ったからこそ彼を呼び出したというのに、会った早々、流されるままに行為に走ってしまった自分が情けない、と、大反省しつつも、必死に華門の説得にかかった。

「林がまた日本にやってきて、俺の周囲の人間を順番に殺していくというんだ。最初のターゲットになったのが鹿園の兄貴で――警察庁のお偉方なんだが、彼に接触している林の姿を俺も見たし、脅しの電話もかかってきた。林の恐ろしさはこの間で身にしみている。だから頼む、華門、鹿園の兄貴の命を救ってやってほしいんだ」

暖簾《のれん》に腕押し――まさにそんな感じを俺は今、味わっていた。いくら熱く訴えかけようが、華門の表情にぴくりとも変化は訪れない。

「華門！　お願いだ！」

そのとき俺の頭に、ちらと――本当にちらっと、林の『交換条件』を華門に伝えようかという考えが過《よ》ぎった。

『ジョーに伝えろ。私のもとに戻れと。さもなくば、佐藤大牙、お前の周りの人間が順番に死ぬことになる』

だが、どうしてもその言葉を口にすることはできなかった。躊躇《ためら》った理由はほかでもない。華門がこの申し出を受けるかもしれないという可能性を考えたためだった。

俺のために、林の言うことを聞いてくれる、なんて、驕《おご》ったことを考えていたわけではない。華門と林はどう見ても『ワケあり』の関係に見えた上に、こうも林が彼に対し熱烈なラブコールを送ってきたとなると、華門の気持ちは再び彼へと戻ってしまうかもしれない、それを考えてしまったのだ。

もし華門が自ら望んで林のもとに戻るのなら、これほど平和的な解決はない。鹿園の兄貴もハッピー、林もハッピー、そして華門もハッピー――ハッピーではないのは俺だけだ。なのに、なぜ口にできないのか。口にすべきではないのかと、頭の中で己の声が響いていたが、やはり、俺が林の要求を華門に告げることはなかった。

警察も勿論、警護にあたる。が、警察のみでは林は難なくその警護網をかいくぐり、鹿園兄に到達してしまうだろう。

それを防げるのは華門しかいない、という俺の認識は誤っていない自信がある。誤っているのは、華門に林の交換条件を伝えないことだ、とわかっていながら、俺はそれを伝えることなく華門に必死で訴えかけていった。

「鹿園の兄貴の命を守ってくれ！　このままでは林に殺されてしまう！」

俺のせいで、と叫ぼうとした胸がズキリと痛む。そう思うのなら、華門に林の交換条件を告げるべきでは、と気持ちがぐらりと揺れたそのとき、少しの抑揚もない華門の声が響いた。

「依頼内容を間違えている。俺は殺し屋だと言っただろう？　林を殺せ、という依頼なら受けるが」

「……え……」

思いもかけない――否、予想がつかないでもなかった台詞に絶句する俺に、華門が問いかけてくる。

「どうする？　林を殺すか？」

「だって……だって林は……」

過去にお前と深くかかわりのあった相手ではないのか、という俺の問いを、華門の相変わらず淡々とした声が遮った。

「奴を殺せと依頼しろ。それなら受けないこともない」

「……いいのか……？」

思わずそう問いかけてしまった俺は、華門が頷くより前に大声を出していた。

「違う！　俺はお前に人殺しなんてさせたくない！　だからボディガードをお願いしようと思ったんだ‼」

「……それは管轄外だと言っただろう」

華門が呆《あき》れた声を上げ、俺に背を向けようとする。このまま彼は部屋を出て行く気だ、とわかったために俺は全裸である己の身を恥じるのも忘れ、ソファから立ち上がり華門の背に縋《すが》り付いていた。

「頼む！　鹿園の兄を助けてくれ！　お前にしか頼めないんだ！」

「……そんなにその男が大切なのか」

華門がぼそりと呟く。

「……え？」

意味がわからず問い返すと、華門は、一瞬だけ俺を見つめたあとに、ぼそりとまた呟いた。

「……お前にとって鹿園は、そうも大切な相手だというのか」

「……え……」

またも俺は意外すぎる華門の問いかけに、声を失ってしまっていた。

「大切な相手の兄が殺されては困るということか？」

何も答えない俺に華門はそう問いを重ねたが、すぐに、

「まあいい」

と独りごちると、そのままドアを出ていこうとした。

「よくはない！　頼む！　引き受けてくれ！」

尚《なお》もその背に縋る俺を肩越しに振り返り、華門が口を開く。

「それなら林を殺せと言え」

冷たい――どこまでも冷たい口調だった。その冷たさが作られたものではなく、ごくごく当たり前のことを喋っているといった感じの淡々とした声であることに、またも俺は言葉を失ってしまった。

「俺は殺し屋だと言っただろう？　鹿園理一郎を助けたいというのなら、林を殺せと依頼しろ」

「……それは……」

できない、と俯《うつむ》いた俺の腕の中から、するりと華門の身体が、まるで擦り抜けるようにして失われる。

「あ」

あっという間にドアへと到達していた華門に俺はまた駆け寄り、その背をしっかりと抱き締め直した。

「離せ。話は終わったはずだ」

「終わってない！」

またも腕を振り払われそうになり、俺は必死で彼の背にしがみつくと、なんとか振り返ってもらおうと声を限りに叫んだ。

「お前に人殺しはさせたくないんだ！　それに林はお前にとって特別な人間なんだろう？　そんな相手を……っ」

「俺には特別な人間などいない」

華門のクールな声が俺の叫びを遮る。

「嘘だ！　だって……っ」

俺はここで思わず、林の交換条件を告げそうになった。が、その声も華門の低い声が遮り、俺から言葉を奪っていった。

「何度も言わせるな。俺は人殺しだ。依頼されれば誰でも殺す」

「それじゃあ……」

俺を殺せという依頼を受けたら殺すのか——そう問いかけたい衝動に駆られたが、おそらく答えは『イエス』だろうとわかるだけに、言葉にすることはできなかった。

特別な人間などいない、その言葉が俺の頭の中で巡っている。

「…………」

華門はちらと俺を振り返ると、またもするりと俺の腕の中から擦り抜け、そのままドアを出ていこうとした。

「華門！」

はっとし、彼の腕を摑《つか》む。

「しつこい」

俺の腕を振り解《ほど》こうとする、その腕を両手で抱き締め、しつこいと言われようとも退くことはできないと俺は訴えかけた。

「俺はお前のこの手を、これ以上血で汚させたくないんだ！　だから林を殺せとは頼めない！　林から鹿園の兄貴を守ってやってくれ！　頼む！」

「…………あのな」

振り解かれまいと必死でしがみつくあまり、顔を彼の肩あたりに押しつけていた俺の頭の上で、華門の溜め息混じりの声が響いた。

「俺の手はもう、充分血で汚れている。今更人殺しをやめたところで、そのことに変わりはない」

「そんなことはない！」

そう叫びはしたが、華門の言っていることは確かに正しいと認めざるを得なかった。自分が為《な》してきたことは『なかったこと』には当然できない。それはわかる、が、わかって尚、俺は華門に人殺しをしてほしくないと、どうしても思ってしまうのだった。

「ある」

予想どおり華門は短く俺の言葉を否定すると、強引に腕を振り解こうとする。そうはさせまいとますます強い力でしがみつき、少しも考えがまとまらないまま俺はただ胸に溢《あふ》れる言葉を彼にぶつけていった。

「そりゃ過去は消せないけど、未来は変えられる！　俺は……俺はできればこれからもお前と一緒にいたいと思ってる！　俺の前でお前には人を殺してほしくないと思うし、それに……っ」

自分でも何を言っているのかわからない。何より『一緒にいたい』って、今だって月に数回会うくらいで一緒にいるわけじゃない。

その上、たった今華門に『俺には特別な相手などいない』と言われたばかりだ。単なる俺の独りよがりでしかない俺の言葉など、華門にとっては戯《ざ》れ言《ごと》以外の何ものでもないだろう。

わかっているだけに俺は、聞く耳など持ってもらえるわけがないと半ば諦《あきら》めていた。が、それでも縋らずにいられず、彼の腕を抱き締め続けていた俺の耳に、華門の静かな声が響く。

「……俺とお前は住む世界が違う」

「……え？」

思いもかけない彼の言葉に驚き、顔を上げた俺を見下ろし、華門がまた、静かな声音でぽつりと呟く。

「お前にとって人殺しは『悪』だが、俺にとっては『生活の糧』だ。その溝は絶対に埋まらない」

そう言い、華門が呆然としていた俺の手から自身の腕を引き抜き、歩き出そうとする。その腕に再び俺は抱きつくと、決して離すものかという思いを込め、力一杯抱き締め叫んだ。

「わからないじゃないか！　それに俺たちは違う世界になんて属してない！　今だってこうして一緒にいる！　溝なんて、これから埋めていけばいいんだ！」

埋められない溝などない。それは紛《まが》う方なく俺の真意だった。華門との間には確かに『溝』はある。あるなら埋めればいいじゃないか。そう彼に訴えかけたかった。

華門がまた、俺をじっと見下ろす。少しの感情も見いだせない彼の顔を俺もまた、じっと見つめ返した。

十秒、二十秒——一分近く見つめ合ったと思う。やがて華門の口から、微《かす》かな溜め息が漏れた。

「俺とお前は住む世界が違う」

先ほどと同じ言葉を繰り返す彼に俺もまた、

「違わない！」

と同じ答えを返す。と、華門は俺を振り返ったかと思うと、いきなりその場で身体を抱き上げてきた。

「おいっ」

何が起こっているのかわからず、戸惑いの声を上げた俺の目を真っ直《ます》ぐに見据え、華門がこう告げる。

「違いをわからせてやる」

そうして彼は俺を抱いたまま、事務所の中へと引き返し、生活スペースへと通じるドアへと向かっていった。

一体華門は何をしようとしているのか。何を『わからせる』というのか。少しも予測はつかなかったものの、この瞬間俺は、彼との関係に新たな展開が生まれることをはっきりと予測していた。

6

俺を横抱きにした華門の目的地は寝室だった。室内に入ると彼は俺の身体をどさりとベッドへと下ろし、その場で脱衣を始めた。

「…………」

そういえば彼が服を脱ぐ姿を見たことはなかった、と、思わずまじまじと彼がコートを、そしてジャケットを脱ぎ捨てていく様子を見つめてしまっていた。

何から何まで黒ずくめの彼は、シャツも黒だった。ボタンを外し前を開く。

「……っ」

胸の上、一文字に走る引き攣《つ》れたような傷跡に目が釘付けとなる。俺が息を呑んだ気配が伝わったのか、華門は俺へと視線を向けると、そのままシャツを脱ぎ捨てた。

「…………」

胸ばかりではなかった。腹にも、肩にも、醜い——といっては申し訳ないが、目を背けずにはいられないような酷い傷痕が、数え切れないほどに残っている。

見るに堪《た》えない痛々しさに目を逸《そ》らしたくなったが、それもまた悪い気がして俺は、じっと俺を見据えたままスラックスをも脱ぎ捨てる華門の姿を見つめていた。

「……あ……」

足にも傷はあった。太腿にも、脛《すね》にも——一体どれだけの怪我を負ってきたのか、想像もできない満身創痍《そうい》の華門が、ビキニタイプの黒の下着を脱ぎ、全裸になって俺のいるベッドへと歩み寄る。

「……俺たちは住む世界が違う……わかったか？」

問いかけてきた華門の表情にも、声音にも、少しの感情もこもっていなかった。彼の雄がやや勃ちかけている、それだけが感情の発露のような気がしつつ、俺はゆっくりと首を横に振り、口を開いた。

「わからない」

酷く声が掠《かす》れてしまった。咳《せき》払いをし、少し大きな声で同じ言葉を告げる。

「わからない」

「…………」

そんな俺を華門はじっと見下ろしていたが、やがてすっと目を逸らせると、呟くような口調で話し始めた。

「俺の属する世界では『死』は常に隣り合わせにある。自分の死も相手の死も——お前とは違う。わかっただろう？」

華門の声は相変わらず淡々としていた。が、そこに俺は微かながらも感情を見出した気がした。

やるせない——そんな思いを感じ取ったのは、単なる俺の思い違いかもしれない。が、たとえ思い違いであろうと、それはそれでかまわなかった。

俺自身は華門と同じ世界に属していたいのだ、という気持ちは伝えたいという願いを、抑えることができず、俺は手を伸ばして華門の腕を摑むと、三度《みたび》同じ言葉をくりかえした。

「わからない」

今度は声も掠れず、きっぱりと言い切ることができた。驚いたように目を見開いた華門の視線が俺へと戻ってくる。

「なぜだ？」

ぽつり、とその言葉が華門の口から漏れた。

「え？」

何が、と問い返した俺の腕を摑み直し、華門が俺の身体を引き寄せる。

「なぜ、そうもお前は俺とかかわりたい？」

近く寄せられた彼の唇がそんな問いかけをしてくる。

「なぜ……」

問い返す俺の息は多分、華門の唇にかかっている。それほど俺たちの間に距離はなかった。

「ああ、なぜだ？」

華門が問いかける息もまた、俺の唇にかかる。

なぜ――なぜ俺はこうも華門にかかわりたいと思うのか。彼と同じ世界に属し、これからも彼と共にいたいのか。その答えを今、俺は彼本人から求められている。

今までも何度か同じ問いかけをされたことはあった。そのたびに俺は、理由などわからない。が、別れがたいのだ、ときっちりした答えを出すことを躊躇ってしまっていた。

答えなど、とうの昔に出ている。ただそれを認める勇気がなかった。

だが今こそその答えを口にせねば――と思いながらも、やはり心のどこかでブレーキがかかってしまいそれができずにいた俺だが、続く華門の問いかけを聞いた瞬間、あまりの意外さにすらすらとその言葉が迸《ほとばし》り出ていた。

「鹿園の兄を救ってほしいからか？　鹿園を悲しませたくないと？」

「違う！　鹿園は関係ない」

唐突に出てきた鹿園の名が、俺の躊躇いを吹き飛ばした。

「お前が好きだからだ！　だからかかわっていたいし、同じ世界にだっていたい！　お前とこれからもずっと一緒に……っ」

そこまで一気に叫んでしまってから、はっと我に返ったのは、華門が啞然《あぜん》とした表情になったからだった。

「……あ……」

あまりに一方的な告白をしてしまったことに対する羞恥が、今更のように込み上げてくる。頰に血が上り、鼓動が速まるのを感じながら俺は、俺の告白に対し華門はどう答えを返してくれるのかと、おずおずと彼を見やった。

「…………」

華門は俺を見つめたまま、何も喋らなかった。彼の表情からは先ほどの驚愕《きょうがく》が消えていて、また何を考えているのかまるでわからなかったが、少なくとも拒絶は表れていないように見える。

そのことに微かな救いを見出しつつ俺は尚も華門を見つめ続けた。

「……好き……？」

どのくらい見つめ合っただろう。一分か二分か、それとも五分か——短いとはとてもいえない沈黙のあと、華門がぼそりとそう呟く。

「…………ああ」

好き——それが俺の導き出していた、なおかつ今まで認める勇気のなかった『答え』だった。

好きじゃなきゃ、華門と繫《つな》がっていたいとは思わない。いくら彼とのセックスがめくるめくような快感を呼び起こすものであろうが、感情の伴っていない相手であれば、こうも必死に関係を繋ぎ止めたいとは願わないはずだ。

出会いのきっかけは、殺しのターゲットとしてだった。依頼の方法が気に入らない、それをクライアントに伝えたいからということで、彼が俺に『殺される心当たりはないのか』と問うてきたのは今から半年ほど前のことになる。

なぜか肌を重ね合うようになり、彼の連絡先を教えてもらった。会いたくなったら電話をしろという携帯に俺は、自らの意志で何度も電話をかけていた。

殺し屋、という、それこそ俺の属する世界には存在し得ない彼と別れがたく思ったその理由は、いつの間にか彼のことを好きになってしまったからだ。

酷くクールに見せていて、そのくせ散らかりまくった俺の家の冷蔵庫をきちんと整頓《せいとん》してくれ、『ありがとう』と礼を言うと必ず『どういたしまして』と返してくる律儀さが『殺し屋』という彼の職業とあまりにギャップがありすぎる。そのギャップを俺はかなり早い段階から好ましいと思っていた。

三ヶ月ほど前に林が目の前に現れ、華門を返せといってきたとき、どうしても彼に居場所を告げる気にならなかったのも、好きだったからだ。

属している世界でいえば、華門と林はおそらく同じ世界観を持っているに違いない。

さっき華門が言ったとおり、死と常に隣り合わせの世界——尚かつ、人の『死』がとてつもない軽さで扱われるその世界を華門と共有している林に対し、嫉妬《しっと》を覚えずにはいられなかった。それもまた『好き』だからだ、とじっと見上げる俺の前で華門が——微かな息を吐いた。

これは溜め息なのだろうか。それとも単なる呼吸か。溜め息ならその意図は？　好きだと言われても困る、という意思表示か。困るからこそ、彼はいつまでもこうして黙り込んでいるのか、と、次第に気持ちが挫《くじ》け、彼を見つめ続けることができなくなってくる。

迷惑だと言われたらどうしよう。呼び出せば必ず来てくれていたことから、きっと迷惑には思っていまいと考えていた、それが根本的に誤っているとしたら？

『住む世界が違う』というのが婉曲《えんきょく》な拒絶だったとしたら？

果たしてどうなのか、と華門が何か言葉を発してくれないかと顔を見つめていた俺の前で、彼の唇がゆっくりと動いた。

「……俺といればお前の身にも危険が及ぶことになる——もう、及んでいるが」

「…………」

何を言いたいのだろう、と尚も華門を見上げると、華門はふと自身の胸を見下ろし、小さくこう呟いた。

「お前の身体に、こんな傷を残したくはない」

「……傷なんて……いつか癒えるし」

俺の言葉を聞き、華門が顔を上げる。

「痕は残る。悲惨な思い出と共に」

確かに、華門の言うとおり、彼と共にいればますます身に危険が迫ることもあろう。周囲の人間に迷惑が及ぶことは避けたいが、俺自身が危機に晒《さら》されるかもしれないということに関しては、華門と離れる理由にはならなかった。

「……痕なんて……関係ない」

それゆえそう答えた俺を華門はじっと見下ろしていたが、やがて、はっきりと溜め息をつき、首を横に振ってみせた。

「お前はわかっていない」

「わかっているつもりだ！」

そのまま背を向けそうな彼に抱きつき、強引に唇を合わせる。華門は驚いたように目を見開いていたが、やがて俺の背に両手を回すと、そのまま背後にあるベッドへと押し倒した。

「ん……っ」

唇を合わせながら俺は、のし掛かってくる華門の背に残る傷痕に指先を這《は》わせた。華門の動きが止まり、唇を離して俺を見下ろしてくる。

彼の視線を浴びながら俺は頭を擡《もた》げ、その胸に一文字に残る傷へと唇を寄せた。引き攣れた傷痕に唇を押し当てる。

「……っ」

華門が微かに息を吐いた、その音が俺を急速に昂《たか》めていき、身体を起こして体勢を入れ替えようとする。抵抗することなく仰向《あおむ》けになった華門の上に乗ると俺は、いつも彼がしてくれるようにその胸へと唇を這わせていった。

傷痕を舌でなぞりながら乳首を目指し、それを口に含む。舌先で転がし勃たせたあとに強く吸ってみたが、華門の反応はなかった。

それなら、と軽く歯を立てると、彼の身体がびく、と微かに震える。感じてるのかと顔を上げると、もの珍しそうな表情で俺を見下ろしていた彼と目が合った。

「……何をしたいのかな？」

問いかけてきた彼の声は酷く冷静で、一人で興奮している自分がなんだか恥ずかしくなってくる。なのでその問いには答えず俺は再び目を伏せると華門の乳首を舐り始めた。

「…………」

相変わらず反応がないことに焦《じ》れつつも口を動かし続ける俺の右手は、華門の傷痕をずっと触り続けていた。

なぜいきなりこんな行為をしているのか、自分でも説明がつかない。欲情が勝ったというより、もしかしたら俺は、こんな傷になど怯《ひる》んでいない、傷すらもいとおしいのだと行動で示したかったのかもしれない。

そんな理由付けはあとから思いついたもので、このときの俺はただ、華門を欲する心のままに動いていた。

乳首に反応がないのなら、と、ずりずりと身体を下へと移動し、勃ちかけた彼の雄を口に含む。途端に華門の身体がびくっと震え、口の中で彼の雄が急速に硬度を増していった。

以前、彼には下手と揶揄されたことがあったが、あれ以降も経験はないので——練習させてくれるような相手はいないし、したいとも思わない——相変わらず下手なのだろうなと思いつつ、必死で顎《あご》を、舌を動かしていく。

手は華門の太腿に置いていたが、指先はやはり、腿に残る傷痕を辿っていた。少し皮膚が盛り上がっているそれは、受けた傷がいかに重傷であったかを物語る悲惨なものだったが、そうとわかっていても触れずにはいられなかった。

触れられることを嫌がられるのでは、という考えがまったく浮かばないほど、俺はテンパってしまっていた。口の中に広がる苦みを飲み下し、必死に舌を動かす。

尿道を舌先で割るようにすると、また、華門の身体がびくっと反応し、先走りの液が溢れるのがわかった。唾《つば》と一緒にそれを飲み込もうとしたとき、慣れないためか変なところに入り咳《せ》き込んでしまった。

「大丈夫か」

華門が身体を起こし、下肢に蹲《うずくま》る俺の背をさすってくれる。大丈夫、と答えようとしたときには肩を押され、シーツの上に転がされていた。

「……っ」

素早く起き上がった華門が俺の両脚を抱え上げ、露わにしたそこに雄をねじ込んでくる。ついさっきまで彼の太いそれを咥え込んでいたそこは、いきなりの挿入にも熱く滾《たぎ》り、ひくひくと激しく蠢いては逞しい彼の雄を締め上げた。

「あぁっ」

一気に貫かれたあと、激しい突き上げが始まる。体内で燻《くすぶ》っていた欲情の焔《ほむら》が燃え上がり一気に絶頂へと導かれていった。

「あっ……あぁっ……あっ……あっ……あっ……」

奥深いところを抉られる刺激に、太い雄が抜き差しされるたびに、摩擦熱でやけつくような熱さを感じる内壁に、頭の上で微かに響く華門の息遣いに、堪《たま》らない気持ちがこれでもかというほど煽られ、叫ぶような大きな声を漏らしてしまう。

「あぁっ……華門……っ……華門っ華門っ華門……っ」

口から零《こぼ》れるのは華門の名ばかりだった。呼びかけるたびに華門の律動のスピードは上がり、突き上げもますます力強くなっていく。

「いくっ……あぁっ……いかせて……っ……いかせて……くれ……っ」

触れられてもいないのに、俺の雄は勃ちきり、破裂しそうなほどに昂まっていた。自然と手が伸びそれを扱き上げようとした、その動きより一瞬速く、片脚を離した華門の手が摑み、勢いよく扱き上げてくれた。

「あーっ」

大声を上げて達した瞬間、身体がふわっと浮いたような錯覚に陥った。頭の中で極彩色の花火が何発も上がり、光が集まった結果閉じた瞼《まぶた》の裏がやがて真っ白になっていく。

ああ、と充足感から大きく息を吐いた俺だが、次の瞬間、華門が再び両脚を抱え上げてきたのにはっとし目を開いた。

「………………」

俺の視線をとらえたことがわかったらしい彼が、ニッと笑いながら、やにわに腰の律動を開始する。

「ちょ……っ……待て……っ」

達して尚、彼の雄は俺の中で硬度を保ち続けていた。その雄で勢いよく突き上げられる俺の鼓動はまだ早鐘のようだというのに、華門の動きはますます激しく俺を快楽の極みへと追い詰めていく。

「あぁっ……もうっ……あっ……あっ……あっ」

息苦しさを覚えつつも、再び火の点《つ》いた身体を鎮めることなどできるわけもなく、華門の身体の下で俺はまたも快感に次ぐ快感に翻弄《ほんろう》され、激しく身悶《みもだ》えながら高く喘ぎ続けてしまったのだった。

「う……」

喉《のど》がかわいた、と目を開けたとき、既に室内は暗く、一体何時なんだと俺ははめたままになっていた腕時計を見やった。

「……十時……か」

かなり長時間、眠ってしまったな、と溜め息をつき、周囲を見回す。カーテンが微かに開いていたせいで真っ暗にはなっていない部屋の中に、華門の姿はなかった。

枕元にミネラルウォーターのペットボトルが置いてある。多分、華門が冷蔵庫から運んできてくれたんだろうな、と思いながらそれを取り上げ、キャップを捻《ひね》って水を飲んだ。

「………」

はあ、と深い溜め息が俺の口から漏れる。

結局、鹿園の兄を守ってほしいという願いを、華門に聞き入れてもらえなかったことを憂えたのだ。

まあ、当然といえば当然の話かもしれない。殺し屋である彼にボディガードを頼むなど、最初から間違えていたのかもしれないが、それでも引き受けてほしかった、と俺は飲みきってしまったペットボトルのキャップを閉め、再びサイドテーブルに戻すと、ごろり、とベッドに横たわった。

激しすぎた行為の名残で、酷く身体が重い。またも、はあ、と深い溜め息をついてしまった俺の耳に、自身が華門に告げた声が蘇った。

『お前が好きだからだ！　だからかかわっていたいし、同じ世界にだっていたい！　お前とこれからもずっと一緒に……っ』

好き——好き、か、とまたも溜め息をついた俺の頭に、華門の驚きに目を見開いた顔が浮かぶ。

『……好き？』

驚くのも当然だ。俺だって驚いたんだから、と、幻のその顔に向かい、ぼそりと小さく呟いた。

華門との繋がりを保ちたいという気持ちの根底には、彼が『好きだ』という思いがあった。考えるまでもなく、好きだから会いたいと思うのだし、抱かれてもいいと思うのだろう。

抱かれてもいい、どころか、積極的に抱かれたいと望んでる気がする、と、まだ彼の腕の、唇の感触の残る肌を掌《てのひら》でそっと撫《な》でながら俺は、華門は俺の告白をどう思ったのだろうと考えていた。

住む世界が違う、と言われた。

自分の身体に残る傷を見せ、こんな傷を負ってもいいのかと問われた。

『お前の身体に、こんな傷を残したくはない』

そう言われたが、それでもかまわないと言うと、『わかってない』と首を横に振られた。

「…………」

どれ一つとってみても、とても俺の想いを受け入れてくれた言葉とは思えない、と気づき、溜め息を漏らす。

俺にとっての華門がどういった存在であるのか、今まで『わからない』と誤魔化してきた気持ちとようやく正面から向かい合うことができたというのに、摑んだ答えを彼にぶつけた結果、玉砕してしまった。

まあ、いくら俺のほうが彼を好きでも、彼にも意志ってもんがあるんだし、俺の気持ちを受けとめなきゃならない義務はない。

それでも――こんなふうに、腕を上げることすら億劫《おっくう》になるほどの激しいセックスを彼とは重ねてきただけに、俺はどうやら期待してしまっていたらしい。

好きだからこそ抱かれたいと俺が思っているように、華門も俺を好きだからこそ、呼び出せばすぐにやってきて、抱いてくれるのだと思っていた。

もしかしたら単にセックスが好きなのかもしれないし、意外に人の誘いを断れない性格で呼び出しに応じてくれていたのかもしれない、なんて可能性を全く考えなかった自分の思慮の浅さが情けない。

ああ、そうだ。もしかしたら物凄く人のいい奴で、俺が抱かれたいと思っていると見越して抱いてくれていたのかもしれない。そんな可能性もあるか、と、できるかぎりおちゃらけて物事を考えようとしている自分の行為がまた情けなく、何度目かとわからぬ溜め息をつきながらごろりと寝返りを打つと、むっとくるような匂いが立ち上った。

ここで華門と全裸で抱き合った上に、何度も達し合ったのだ。汗やら精液やらがシーツに染みこんでしまったのだろう。兄が留守で助かった。こんなシーツを洗濯しているところを見られた日には、あれこれ勘ぐられたに違いない。

そんなことをぼんやりと考えていた俺の頭にふと、全裸の華門の姿が鮮烈に蘇ってきた。

彼の肌に数え切れないほど残っていた傷痕にばかり目を奪われてしまっていたが、改めて思い出してみると、均整の取れた見事な裸体だった。

あの傷痕を隠すために華門はこれまで、コートすら脱ごうとしなかったのだろう。文字どおり何度も死線をくぐり抜けてきたと察せられる酷い傷の数々は、彼の人生のどの時点でそれぞれつけられたものなのだろう。

常に死と隣り合わせにある、そんな世界に自分は身を置いているのだと彼は言っていた。その『死』とは他者の死ばかりでなく、自分の死でもあるのだと。身体の傷は彼の言葉をこれでもかというほど裏打ちしている。でもだからといって、その世界にずっと身を置き続ける必要はないんじゃないかと思わずにはいられない。

その世界と決別するわけにはいかないのだろうか。殺し屋稼業から足を洗い、真っ当な——という表現が果たして正しいか自信はないが——世界に帰属する。そういう人生の選択は、可能性の一つとしても彼の頭の中にはないのだろうか。

自分の手は血で汚れていると言った彼は、人を殺すことが『悪』であることをはっきり認識している。その『悪』に背を向ける、そんな選択をしてほしいのだけれど、と溜め息を漏らしてしまった俺の耳に、携帯の着信音が響いた。

かなり遠いところから聞こえてくるが、どこだ？　と気怠《けだる》い身体を起こし、周囲を見回すが、携帯をポケットに入れていた上着は見あたらない。

ああ、そうだ。事務所で華門に服を脱がされたのだった、と思い出したときには着信音は途絶えていた。留守番電話にでも切り替わったんだろう、と思い、またもごろりとベッドに寝転んだ瞬間、また、着信音が響いてくる。

「…………」

いやな予感がする、と俺は勢いよく身体を起こし、裸のままというのはどうなのだろうと思いながらも、事務所に向けてダッシュした。リビングダイニングを突っ切り、事務所に通じるドアを開いて電気を点ける。

上着は来客用のソファの上に畳まれた状態でおかれていた。畳んであるのは上着だけじゃなく、俺が今日着ていた服すべてだったのだが、華門がやってくれたのか、と感謝の念を抱く余裕もなくソファへと駆け寄ると、上着を広げポケットを探って携帯を取り出した。

「もしもし？」

ディスプレイに浮かんでいたのは鹿園の名だった。しょーもないとしかいいようのない用件で電話をしてくることが多い彼ではあるが、二度も携帯を鳴らすのは急用に違いない、と思い応対に出る。

『大牙か？』

あまり当たって欲しくない予想はどうやら当たってしまったようだった。電話の向こうから酷く切羽詰まった鹿園の声が聞こえてきた瞬間、電話の用件はいつものくだらないネタではないと察した俺は、それが『最悪の事態』でないことを祈りつつ、

「どうした？」

と鹿園に問いかけた。

『兄が……兄が……撃たれた』

鹿園の酷く震える声が電話越しに響いてくる。

「なんだって!?」

まさに『最悪の事態』だったか、と愕然としたあまり電話を取り落としそうになりながらも、状況を聞くためと、そして、鹿園を元気づけるため、電話の向こうに呼びかけた。

「鹿園！　しっかりしろ。今どこだ？」

『……今は家にいる……』

消え入りそうな声で答えた鹿園に俺は、

「すぐに行く！」

と叫ぶようにして告げたあと、行っても大丈夫なのかと確認を取る必要があるかと思い当たった。

「行ってもいいか？」

『……ああ……』

鹿園は何か言いかけたが、小さく答えたあとに『待ってる』と付け加え、沈黙した。

「わかった。それじゃすぐ行くから！」

本当なら、撃たれた兄の安否をまず確認したかったが、鹿園が何も言わないのがその答えかも知れないと思うと、尋ねることはできなかった。

俺は急いで衣服を身につけると携帯をポケットに突っ込み事務所を飛び出した。路上に出たところで、タイミングよくタクシーがやってきたが、生憎《あいにく》実走中のようだった。

仕方がない、と大通りに駆け出そうとしたところ、目の前でそのタクシーが停まったかと思うと、窓からあまりに見覚えのある人間が顔を出し叫んできたものだから、驚いた俺はその場で一瞬固まってしまった。

「ちょっとトラちゃん！　あんた、どこいくのよ‼」

窓から首を出していたのは、夜目にも目立つスキンヘッドにフルメイクの春香だった。

「そうよう！　これから大牙ちゃんのところに行くところだったのよう」

春香の隣からは麻生が非難の声を上げてくる。

「ごめん！　ちょっと急ぐからっ」

そう言い、駆け出そうとした俺の前で、いきなりタクシーのドアが開いたかと思うと、

「急ぐんなら乗んなさいよ！」

と春香が強引に俺の腕を引き、後部シートに引き摺《ず》り込もうとした。

「いや、その……っ」

手動でドアが開くのかよ、と唖然としていた俺に春香が、

「で？　行き先は？」

と顔を近づけ問いかけてくる。

「…………」

どうしよう、と迷ったが、焦りが先に立った。この二人を言いくるめ、車を降りるのには十分——下手したら三十分以上かかるだろう。

そんな時間のロスよりは、と俺は渋々「鹿園のマンション」と行き先を告げた。

「やーん、マイスイートの？」

TAXI
ル-2011

途端に黄色い声を出した麻生が、身を乗り出し、運転手に行き先を命じる。

「神楽坂。急いでちょうだい」

「あ、はい」

運転手は心なしか、すっかりびびっているように見えた。どこから乗っているのかは知らないが、このガタイのいいオカマ二人が後部シートで喋り倒していたかと思うと、疲弊するのも納得できる、と密《ひそ》かに同情の視線を送る。

「やっぱり男三人は狭いわねえ」

「あんたが太ってるからでしょ」

無理矢理俺を引き摺り込んだというのに、文句を言い始めた二人を横目に、はあ、と溜め息をついたあと、今更ながら麻生が無事でいることに安堵《あんど》し、春香の身体越しに彼に声をかけた。

「麻生さん、林、どうなりました?」

「ああ」

途端にむっとした顔になった麻生が、肩を竦《すく》める。

「途中で見失ったわ。このあたしをまくなんて、いい根性してるわよね」

「……でも、よかったです……」

麻生はいたくプライドを傷つけられたようで怒っているが、もしも深追いしていたら、今、彼の姿はこの車中になかった可能性が高い。

警察が堅く警護していたはずの鹿園の兄ですら撃たれたのだから——脳裏に浮かぶ鹿園の兄の、端整というにあまりある容貌《ようぼう》を思い起こした俺の口から、深い溜め息が漏れる。

「ところでトラちゃん、なんだって ロシアンのマンションに急ぐのよ？」

「そうよ。どうしたの？ もしかして、ダルメシアンに何かあったの？」

「あ……………」

勘の良いことでは刑事に引けを取らない——どころか遥かに勝っているんじゃないかと思《おぼ》しき二人に突っ込まれ、言葉を失う。

マンションに到着すればわかってしまうことだろうが、今、それを告げると車中はとんでもない騒ぎになるに違いない。

タクシーが走行できない状態になったら困るという気持ちと、ことがことだけに軽々しく口にはできないという気遣いから、俺は適当に言葉を濁し、窓の外を見やった。

「…………」

「…………」

このとてつもなく勘の良い二人は、俺の様子からどうやら大変なことが起こってしまったと悟ったようで、それ以上問いかけてくることなくそれぞれ口を閉ざした。

二人の心遣いに感謝しながらも、逸《はや》る心を抑えきれず、拳で膝《ひざ》のあたりを叩く。

「ちょっと、急いでよ？」

またも俺を気遣ってくれたらしい春香が、身を乗り出し運転手に声をかける。

「は、はいっ」

びびりまくっている運転手がアクセルを踏み込んだおかげでスピードが上がった車中で俺は、鹿園をどうやって慰めればいいのかと、そのことばかりを考えていた。

7

タクシーが鹿園のマンションに到着し、三人して車を降りたあと、俺は春香と麻生に、

「実は……」

と、鹿園の兄が撃たれたという話を切り出した。

「なんですって!?」

「それで？　お兄様は？　お兄様はどうなの？」

二人して顔色を変え、俺を質問責めにする。

「わからない」

聞けなかった、と言うと、二人は顔を見合わせ、はあ、と深く溜め息をついた。

「……わかったわ。まず、あんただけで行きなさいな」

春香がそう言い、俺の背をバシッと叩く。

「春香さん……」

「そうね。マイスイートはそうしてほしいでしょうからね」

麻生もまたそう言うと、バシッと――春香以上の力で、俺の背を叩いたあと、さあ、と肩

を押し出してくれた。

「このあたり、ぶらぶらしてるからさ。何か役に立てそうだったら携帯に電話ちょうだい」

春香がそう言い、じゃあね、とウインクをして立ち去っていく。

「マイスイートをよろしくね」

麻生もそう言葉を残し、春香のあとに続く。そんな二人の思いやりに俺は感謝の念を抱きつつ、遠ざかっていく後ろ姿に深く頭を下げるとインターホンへと向かった。

鹿園の部屋を呼び出すと、

『入ってくれ』

と、相変わらず元気のない鹿園の声がスピーカーから響いてきた。

「ああ」

お邪魔します、と声をかけ、開いた自動ドアからエレベーターホールへと向かう。きていた箱に乗り込み最上階のボタンを押した。

急速に上っていくエレベーターの中、目眩《めまい》を覚え目を閉じる。あまりの衝撃に飛び出してきてしまったが、そういやすっかり疲弊していたのだった、と今更のように自身の体調を思い出した俺の頭に、こうも疲れさせる原因を作った男の——華門の顔が浮かぶ。

彼がボディガードを引き受けてくれていたら、鹿園の兄も無事だったのだろうか。

ふと芽生えたその考えを、『もしも』などということは考えても意味がないじゃないか、と振り切り、ちょうど指定階に到着したエレベーターを降り鹿園の部屋を目指した。

インターホンを押すとすぐにドアが開いたのだが、そこには疲れ切った様子の鹿園が立っていた。

「鹿園……」

「大牙、よくきてくれた」

泣き出しそうな顔で鹿園が俺に手を差し伸べてくる。ドアを入りながら俺はその手を握り締め、彼の顔を覗き込んだ。

「……大丈夫か？」

他に言葉がなく、そう問いかけると、鹿園は無理をしているのがありありとわかる様子でにっこりと笑ってみせた。

「ああ、ありがとう」

「鹿園……」

この顔を見てしまっては、撃たれた彼の兄がどうなったのか、最早《もはや》尋ねることはできない、と密《ひそ》かに唇を噛んだ俺の耳が、信じがたい声を聞く。

「どうした、祐二郎。大牙君が来てくれたんだろう？」

「え？」

幻聴にはとても思えない、溌剌《はつらつ》としたその声の持ち主が、リビングから姿を現す。

「お、お兄さん……」

いや、俺の『お兄さん』じゃないけれど、とどうでもいい突っ込みしか頭に浮かばないほど、俺は動揺してしまっていた。

「やあ、大牙君、夜遅くに悪かったね」

そんな俺の動揺などどこ吹く風とばかりに、にこやかな笑顔を向けてきたのはなんと——鹿園の兄だった。

「ど、どうして……」

「え？」

なんで無事なのだ、と口走りそうになり、慌てて言葉を飲み込んだ俺に、鹿園兄が不思議そうな顔で問いかけてくる。

「なにが『どうして』なんだい？」

「あ、いや、その……」

さすがに『最悪の事態を予測していた』とは言えず、それでもやはり気になったために俺は、げっそりした顔をしている鹿園と、にこやかに微笑む兄、両方をかわるがわるに見ながら、

「あの」

と気になって仕方のない質問を切り出した。

「なんだい？」

問い返す兄に、失礼とわかりつつも俺は、こう問いかけずにはいられなかった。

「あの……撃たれたと聞いたんですけど……」

「ああ、狙撃《そげき》されたよ」

あまりにあっさり肯定され、思わず、

「へ？」

と、素っ頓狂な声を上げてしまった俺は、すぐに、はっと我に返ると、

「ご、ご無事で？」

と鹿園兄を、それこそ頭のてっぺんからつま先まで、まじまじと見やった。

「ああ、無事だ」

兄は頷くと、呆然としたあまり俺がまだその手を握り締めたままでいた鹿園を見やり、困った、というように笑ってみせる。

「間一髪のところを救われたんだが、私が狙撃されたと知った祐二郎が酷く取り乱してね。仕事にならないので連れて帰ってきたんだ」

「…………え…………」

ということは、ピンピンしてるほうが兄で、その兄が動揺激しい弟に付き添っているということか、と察した途端、俺は鹿園の手を振り解いていた。

「大牙……」

鹿園が泣きそうな顔で俺を見る。

「………あのな……」

一言言ってやりたい。が、兄本人を目の前に『死んだか重傷かと思っただろ！　脅かすな』とはとても言えず、俺は、はあ、と大きく溜め息をつくと改めて鹿園の肩をぽんぽんと叩いてやった。

「お兄さんが無事でよかったな」

「うん……本当にもう、心臓が止まるかと思ったよ」

ようやく鹿園が笑顔を見せる。兄弟愛は素晴らしいが、しかし、撃たれた本人に心配されるとは、ブラコンが過ぎるんじゃないかと呆れていた俺の耳に、兄の陽気としかいいようのない声が刺さる。

「本当に祐二郎は、いくつになっても頼りなくて困るな」

「………」

『困る』と言いながらも、兄の顔は嬉しくて仕方がないという感じだった。まったく、似たもの同士といおうか、需要と供給が一致してるといおうか、一生兄弟二人でやってろ、と心の中で毒づいた俺は、そういえば、とあることを思い出し、

「ちょっと失礼」

と携帯を取り出した。

「どこにかけるんだ？」

早くも立ち直ったらしい鹿園が、探るような目を俺へと向けてくる。

「うん、ちょっと」

言いながら俺は春香の番号を呼び出しかけはじめた。ああも心配してくれた彼と麻生を一刻も早く安心させてやりたいと思ったのだ。

俺の考えていたとおり、相当心配していたらしい春香は、ワンコールもしないうちに応対に出た。

『もしもし？　トラちゃん？　どうした？』

勢い込んで尋ねてくる彼に俺は、鹿園兄弟の視線を気にしつつも、兄が無事であることを伝えようと口を開いた。

「お兄さんは狙撃されたけど無事だった。鹿園ももう落ち着いている」

『え？　なに？　どういうこと？』

戸惑いの声を上げるのも当然だ、と思いはしたが、本人たちを前にこれ以上は無理と俺は、

「また、連絡するから」

と言い、電話を切った。

「誰？」

尚も詮索《せんさく》してくる鹿園に、嘘をつくこともできないと俺は、事実をありのままに答えた。

「春香さん。ここまで送ってもらったんだ」

「そうか」

なぜかここで鹿園がほっとした顔になる。と、そのとき、いきなり室内にインターホンの音が鳴り響いたものだから、俺も、そして鹿園兄弟もはっとし、互いに顔を見合わせた。

「……誰だ？」

「警察関係者じゃないのか？」

身構える鹿園に対し、冷静に兄が答えつつ、インターホンへと向かう。

「私が出よう」

「駄目だ、兄さんにもしものことがあっちゃいけない。僕が出る」

と、横から鹿園が飛んできて、受話器にかかった兄の手を摑んだ。

「大丈夫だ。インターホンに出たくらいで『もしも』のことなんかにはならないよ」

兄が苦笑し、尚も受話器を取り上げようとする。

「僕が出るって！」

それをまた鹿園が取り上げようとする、そんな二人の姿を前に俺は、どっちでもいいから早く出ろ、と心の中で呟いていた。

「そうか？　それなら」

兄が譲り、鹿園が受話器を取り上げる。

「はい」

硬い声音を出した鹿園が、画面を見て「あ」と声を漏らす。監視カメラに映っていたのはなんと——。

『ちょっとロシアン、どういうことか、事情を説明しなさいよね！』

『マイスイート！　開けてよう〜』

ガタイのいいオカマ二人——春香と麻生だったのだ。

「どうなさったんです？　二人とも」

驚きながらも鹿園が、オートロックを解除する。

『ダンケシェーン』

『マイスイート、あとでね』

監視カメラに向かい、愛想を振りまきながら二人が自動ドアを入っていく姿が画面には映っていた。

「祐二郎、お友達かい？」

いきなり出現した怪しげな——は失礼だが、前知識なしのまっさらな状態で見たら春香も麻生も相当怪しげだと思う——二人に毒気を抜かれた様子で兄が鹿園に問いかける。

「ええ、まあ。友人といいますか、知人といいますか……」

鹿園が説明しかね、ちらと俺を見る。

「あの、俺の大家と……その友人です」

他に紹介のしようがなくて俺がそう説明したとき、玄関のインターホンの音がした。

「どうぞ」

鹿園がドアに駆け寄り、大きく開く。

「お邪魔しますう」

「あ、お兄様ですね。はじめまして。麻生と申します」

ドアが開いた途端春香と麻生は、何が起こっているのかと啞然としている鹿園とその兄に向かい、愛想笑いを振りまきつつ部屋に上がり込んできた。

「ど、どうぞ」

二人の迫力に圧倒された鹿園が、リビングへと導く。しなをつくりながら歩く姿を鹿園兄は相変わらず啞然としたまま眺めていたが、広いリビングでの顔合わせのときにはもう、驚きを乗り越えたらしく愛想の良い笑みをその顔に浮かべていた。

「ええと、紹介します」

紹介の労をとるのは俺しかいないだろうとやりかけたが、春香も麻生も人の紹介など必要ないキャラクターだった。

「はじめまして。トラちゃんの事務所の大家、高橋春香ですう」

「お兄様、はじめまして。麻生恭一郎です。弟さんには大変お世話になってますう」

積極的に自己紹介を始めた彼らに対し、鹿園兄が実ににこやかに応対する。

「はじめまして。鹿園理一郎です。弟がいつもお世話になっています」

爽やかな兄の笑顔に春香も麻生も一瞬ぼーっとなったようだが、すぐに我に返ったらしく、

「それで！」

と鼻息荒く俺に食ってかかった。

「お兄さん、撃たれたんじゃなかったの？」

「そうよう。まあ、お兄様が無事でいらっしゃるのは喜ばしいことだけれど」

お兄さんだのお兄様だの、鹿園兄はみんなの『お兄さん』じゃないだろうと思いながら、俺もその経緯は聞きたかった、と兄を見る。と、兄は少し驚いた顔になり、鹿園にこう問いかけた。

「祐二郎、この方たちは今回の件をご存じなのか？」

「さあ……」

当然ながら鹿園に答えられるわけもなく、どういうことだ、と言いたげな彼の視線が俺へと移る。

「すみません、実は……」

こうなってはもう、隠してはおけないと俺は、華代《はなよ》から依頼があった際、急な話で情報収

集が間に合わなかったために、麻生の力を借りたことを打ち明けた。

「麻生恭一郎さん……どこかで聞いたことがある名だと思っていましたが、あの有名なルポライターですか」

幸いなことに兄はそう気を悪くするでもなく、逆に麻生に対し、さも感心したといった様子の視線を向けた。

「いやん、有名なんて、そんなあ」

「有名ですよ。あなたの書かれた記事、よく拝読しております。取材も行き届いており素晴らしい」

照れまくる麻生にどん引きすることなく、笑顔で接する鹿園兄の懐の深さにそれこそ感心しつつも俺は、話を先に進めようと口を開いた。

「……すみません、そういったわけで、この二人には今回協力してもらっており、お兄さんが林と会っていたときにも、ホテルの外で見張ってもらっていました。林を尾行もしてくれたんですが、残念ながら見失ったそうで……」

と、ここまで話すと俺は、麻生が悔しげに「そうなのよ」と話を引き継ごうとしたのを敢《あ》えて無視し、身を乗り出し兄に問いかけた。

「狙撃したのはやはり林の部下でしたか？　どこで撃たれました？　ご無事だったのは警視庁の警護のおかげですか？」

こういっちゃなんだが、林が狙撃させた場合、警察の警護くらいで防衛できるものなのかと、俺はずっと考えていた。

もと警察官としてどうかとは思うのだが、警察の警備網ごとき、林の手にかかれば擦り抜けるのは赤子の手を捻るより簡単ではないかと思えて仕方がないのだ。

なので兄が「いや」と首を横に振ったときには、やはりと思ったのだったが、俺の『やはり』は今回の狙撃は林によるものではなかったんだな、という『やはり』だった。

――が、事実はまったく違ったということを、続く兄の言葉で知らされ、驚愕することとなった。

「狙撃されたのは警察庁前だ。祐二郎は仕事を休めと言ったんだが、そうそう公務は休めないと五名の警護と共に向かったんだ。そこで林の部下と思われる八名の狙撃手に撃たれた。警察官二名が重傷だそうだ。本当に申し訳ないことをした……」

「……え？」

狙撃手は林の部下だったのか、と驚くと同時に、八名もに囲まれていたにもかかわらず、たった五名の警護で撃退したとは、とそのことにも意外さを感じていた俺の口から、戸惑いの声が漏れる。

麻生も同じことを思ったらしく、訝《いぶか》しそうな目を兄へと向け、俺のできなかった確認を彼に取ってくれた。

「八名もの狙撃手に囲まれたのに、警官五人で防戦できたって、凄《すご》くない？　それって本当に林の部下だったの？」

「ええ、間違いありません」

ある意味失礼な――警察の能力を疑うような発言だったからだ――麻生の言葉に、兄はむっとするでもなく微笑みながら頷くと、

「ただ、私を警護してくれた人間は五名だけじゃなかったようなんです」

と更に意外な言葉を足してきた。

「どういうこと？」

「誰が警護してくれたっていうの？」

麻生が、そして春香が不思議そうに目を見開く。警視庁からの警護は五名だが、警察庁でもまた警護態勢を敷いていたということだろうという答えを俺は予測していた。

だが、またも鹿園兄は、俺の予想とはまるで違う言葉を口にし、今度こそ俺に驚愕のあまり大声を上げさせたのだった。

「誰――かはわかりません。狙撃手の発砲が始まった直後に何者かが現れ、八名の狙撃手全員を倒していったのです」

「何者って何者？」

「ほんとに誰だかわからないってわけじゃないでしょう？」

春香や麻生も相当驚いたらしく、食ってかかる勢いで鹿園兄を質問責めにしている。

「いや、それが本当にわからないんです」

鹿園兄もまた、釈然としない顔をしていた。彼のその表情を見た途端、胸騒ぎ、としかいいようのない、ざわざわした感覚に襲われ、俺は思わず鹿園の兄が次に何を言い出すか、食い入るように彼の唇を見つめてしまっていた。

「あっという間の出来事でした。私の前に立ちはだかった二名の警官が撃たれたその瞬間、風のように現れた男が狙撃手たちを全員倒し、また風のように去っていったんです」

「なにその、漫画か映画みたいな展開。ありえないわよねえ」

春香が呆れた声を上げ、同意を求めるように俺を見る。

「トラちゃん？」

その彼がぎょっとした声を上げるほどに、俺の顔色ははっきりと変わっていた。

「ちょっとあんた、どうしたの？　真っ青よ？」

俺の親代わりを自称している――かは知らないが――春香が、心底心配そうに問いかけてきたのに、答えることができないほど俺は動揺してしまっていた。

「風のようにって、姿は見なかったの？　全然？」

ルポライター魂に火が点いたのか、麻生が興味津々といった感じで鹿園兄に問いかけている。

「ああ、顔は見えませんでした。一瞬目の前を過《よ》ぎった姿は見ましたが、黒ずくめで長身の男だったとしか……」

「ちょっとトラちゃん！」

春香の悲鳴のような声が、鹿園兄の言葉を遮る。彼に悲鳴を上げさせたのはとりもなおさず俺のせいで、衝撃が過ぎるあまり俺は軽い貧血を起こし、ソファから崩れ落ちるようにして床に撃沈してしまったのだった。

「大牙！」

春香に負けないほどの大声を上げ、鹿園が俺に駆け寄ってくる。再び俺の身体をソファに戻してくれた彼は、それは心配そうに顔を見下ろしてきた。

「どうした？　大丈夫か？　気分が悪いのか？」

「……大丈夫だ……」

自分でも驚くほど、声が掠れてしまっている。だがそれを取り繕う余裕はまるでなかった。風のように現れ、八名もの狙撃手を瞬時にして倒し、去っていった黒ずくめの長身の男——そんな男を俺は、一人しか知らない。

まさか、という思いに襲われ、すぐにも確かめたいとポケットの上から携帯を摑んだが、この場でかけるわけにはいかないと思い留《とど》まる。

「水、飲むか？　そうだ、僕の寝室で横になったらどうだ？」

俺の顔色は相当悪いのか、鹿園があれこれと心配そうに世話を焼いてくれる。が、俺はそれより、鹿園の兄の話を聞きたい、と首を横に振り、やはり心配そうに俺を見ていた兄に話しかけた。

「他に……他に何か、お気づきになったことは……」

「いや、本当に一瞬のことだったから……」

兄は申し訳なさそうに首を振りそう答えたあと「でも」と言葉を足した。

「狙撃手は全員、その場で逮捕されたので、彼らの口から何か情報を得ることはできると思う」

「……え……」

またも俺は目眩に襲われ、気を失いそうになった。

「大牙！」

鹿園に身体を支えられ、はっと我に返る。

「……どうした？」

鹿園の問いに黙って首を横に振るうち、胸に熱いものが込み上げてきてしまい、俺はぎゅっと目を閉じた。

「大牙？」

どうした、と鹿園が驚いた声を上げる。それも仕方のないことで、なんと俺は恥ずかしくも、その場で泣き出してしまったのだった。

「大牙？　どうした？　おい？」

鹿園に両肩を摑まれ、揺すぶられる。が、目を開くことはできなかった。止めどなく流れる涙を堪えることもできず、皆が見守る中、俺は声を殺し、一人泣き続けた。

黒ずくめの長身の男は華門に違いない。俺には何も言わず立ち去っていったが、彼が俺の、鹿園の兄を守ってほしいという申し出を受けてくれたことが嬉しくて堪らなかった。

その上華門は狙撃手を一人として殺さなかった。殺し屋の彼が人殺しを思い留まってくれた、そのことにも俺は酷く感激してしまっていた。

「う……っ……うぅ……っ」

「大牙、どうした？　何があった？」

止まらない嗚咽《おえつ》を持て余す俺の肩を鹿園が揺すり、尚も顔を覗き込んでくる。なんでもない、と首を振ったが言葉を発することはできなかった。

「トラちゃん、どうしたのかしら」

「今の話に、泣くような要素、あった？」

春香と麻生がこそこそ囁《ささや》き合う声や、

「大牙くん、何か悩みでもあるのかい？」

という優しげな鹿園兄の声にも答えることができず、俺は暫《しばら》くの間鹿園の腕の中で涙を流

し続けてしまったのだった。

「……すみません、取り乱しまして……」

ようやく涙がおさまり、俺は皆に詫《わ》びたのだが、好奇心全開の皆から質問責めに遭うこととなった。

「トラちゃん、なんで泣いたの？」

「いきなりだったもんねえ。何があったのよう？」

「僕も聞きたい。なぜ泣いた？　僕に何か、隠し事でもあるのか？」

春香が、麻生が、そして鹿園までもが俺に詰め寄り、問いを発する。

「話題は確か、僕の狙撃のことだったね」

兄の言葉に鹿園がなぜか非常に複雑そうな表情になり、じっと俺を見つめてきた。

「兄の身の安全が、大牙は泣くほど嬉しかったのか？　それはなぜだ？」

「なぜ？」

実際、鹿園の兄の命が奪われずにすんだことは喜ばしいことこの上ないと俺も思っているが、泣いた理由は申し訳ないがそこにはなかった。

そもそも誤った前提の問いかけではあるのだが、鹿園がその理由を問うのが気になり問い返す。と、鹿園は不意に頬を染め、乙女のごとき表情になったかと思うと、ぽつりとこう呟いた。

「もしかして……僕の兄、だからか？」

「え？」

彼が何をいわんとしているのか、まったく見当がつかない。が、春香にはそれがわかっているのか、

「多分そうだと思うわよ～」

と言い、鹿園に向かってぱちりとウインクした。

「多分、どう？」

聞かれているのは俺の心情だというのに、なぜ春香が答えるのか、とますます首を傾げてしまいながらも、答えの内容を確認しようとする。が、にやにや笑う春香を問い詰めるより前に、鹿園は感極まった声を上げたかと思うと、いきなりその場で俺を抱き締めてきた。

「やっぱりそうなのか！　ありがとう！　大牙！　お前の気持ち、しかと受け取った！」

「え？　ええ？」

わけがわからない、と当惑し、感涙に咽《むせ》ぶ鹿園から身体を離して顔を覗き込む。

「あのー？」

「祐二郎、大牙君が困ってるぞ」

と、横から鹿園兄が鹿園と俺の間に割って入ったかと思うと、にっこり笑って俺に問いかけてきた。

「え？」

「時に大牙君、君と祐二郎はどういう関係なのかな？」

問われた意味がわからない、と俺は思わず素っ頓狂な声を上げてしまったのだが、兄の目が少しも笑っていないことに気づき、一瞬言葉を失った。

「兄さん、実は……」

鹿園が思い詰めた顔になり、兄に話しかける。が、兄はきっぱりと鹿園の言葉を退けた。

「私は大牙君に聞いているんだよ」

「あの……」

目に余るほど仲良しの二人が、何を揉《も》めているのかと首を傾げまくりながらも、鹿園との『関係』を言えばいいのか、とあまり深く考えることなく正直なところを告げる。

「友人です」

「友人？　それだけ？」

兄は最早笑ってもおらず、やたらと真面目な顔で俺に迫ってくる。

「いや……親友、ですけど」

ただの『友人』ではなかった、と言葉を足すと、ようやく兄の顔に笑みが戻った。

「そうか。それならいい」

「……大牙……」

対照的に、鹿園がやたらとがっかりした顔になったのは気のせいかわからない。が、今の俺は一刻も早く自宅に戻り、電話をかけたい気持ちでいっぱいだったため、正直それどころではなかった。

「お兄さんが無事だったこともわかったし、帰るわ」

そう言い、立ち上がった俺に、場の皆が驚いた視線を向けてくる。

「ちょっとトラちゃん、唐突に帰るって、あんたどうしたの？」

春香が声をかけてきた横から、麻生が、

「もしかして、体調悪いの？」

と心配そうに問いかけてくる。

「体調もだけど、情緒不安定よね」

「なんかあったの？」

心配しつつも、興味津々とばかりに問いかけてくる二人をなんと誤魔化そうかと思っているところに、鹿園までもが、

「体調が悪いのなら、僕のベッドで休むといいよ」

と親切心からそんな申し出をしてくれる。

「あ、いや、ごめん。家で休みたいんで……」

体調はまあ、万全とはいえないものの、悪いというほどでもなかったが、ここは一番角が立たないそれを理由にさせてもらうことにした。

「大丈夫？　送っていこうか？」

心配する春香の横から、またも鹿園が、

「僕が送っていくよ」

と身を乗り出してくる。

「いや、一人で大丈夫だから」

お前は兄の狙撃に取り乱して自宅療養中だろう、とまでは言わず、俺は鹿園をはじめ皆の気遣いを丁重に退けると、一人鹿園のマンションをあとにした。

タクシーを求め、大通りに向かって駆け出しながら、ポケットの中の携帯を握り締める。

華門は本当に、俺の願いを聞き入れてくれたということだろうか――それを確かめたい衝動が胸の中で膨れ上がり、どうにも収めきれなくなっていた。

人前で泣いたり、唐突に一人で帰ったりと、体面をここまで気にせず振る舞える自分が信じられない。

これじゃまるで、恋を知ったばかりの十代の若者みたいじゃないか、と自嘲し、恋か、と自分の言葉に照れまくる。

まったく、どうかしていると首を横に振りながらも、焦る気持ちのままに俺は、もしもこの場に春香や麻生がいたとしたら、それが『体調の悪い』人間の走りか、と咎《とが》められるに違いない全力疾走で大通りへと向かっていった。

8

事務所に到着した途端、俺は携帯を取り出し華門の番号を呼び出した。

ワンコール、ツーコール——いつもならすぐ応対に出るか、そうでなければこの場に現れるはずであるのに、少しもその気配がない。

昂揚《こうよう》していた気持ちが、一気に不安に変わる。5コール、6コールと鳴り続ける電話を握り直したそのとき、音もなく事務所の扉が開いた。

「……あ……」

はっとし、その方を見やった俺の口から、安堵の息が漏れる。

「華門……」

扉の外には華門が立っていた。先ほどのデジャビュだと思いながら俺は彼に駆け寄り、身体をぶつけるようにして抱きついていった。

「…………」

近く身体を寄せた瞬間、微かに硝煙の匂《にお》いが立ち込めていることに気づき、顔を上げると、華門は俺の言いたいことがわかったのか、小さく頷くと、

「入ってもいいか」

と問うてきた。

「勿論」

彼の腕を引き、事務所の中へと入る。なんとなく違和感があったのは、今まで華門が事務所を訪れる際には一度も『入っていいか』系の許可を得たことがないからだと気づいた。

「何か飲むか？」

問いかけ、これもまた、いつにないパターンだと気づいた俺の頬にカッと血が上っていく。当たり前のやり取りをしているだけなのに、なぜこうも照れるのか、我ながら不思議だと思いながら華門を見ると、彼もなんとなく居心地の悪そうな表情をしていた。

「水を」

「わかった」

ぼそりと答えた彼に俺もまたぼそりと答え、事務所内の冷蔵庫へと向かう。春香が何かの景品で当たったという小型の冷蔵庫を、いらないからとくれたため、最近事務所にも冷蔵庫を置くようになったのだが、その中からエビアンのペットボトルを二本取りだし華門のもとに戻ると、彼は事務所の真ん中で所在なく佇《たたず》んでいた。

「座ってくれ」

ソファを示すと、華門が、

「ありがとう」

と言い、腰掛ける。

「どういたしまして」

揶揄するつもりはなく、ごくごく自然に俺の口からその言葉が零れたのだが、それを聞いて華門が、くす、と笑った。

「……なに？」

そんな華門の表情を見るのも初めてだ、と思うとますます頬に血が上ってきた。指先が震えてキャップがうまく開かない。

「貸せ」

見かねたのか華門が手を差し伸べてきた。指先同士が触れた途端、びく、と身体が反応し、ついペットボトルを取り落としてしまう。

「…………」

華門が不思議そうに俺の赤い顔を見ている。何か言わねば、と焦ったこともあり、あまり考えをまとめることなく喋り始めてしまった。

「あ、あの、鹿園……そう、鹿園の兄を助けてくれてありがとう」

「…………」

いつもならここで『どういたしまして』が返ってくるところだが、華門は口を閉ざしたまま、俺が落としたペットボトルを取り上げ、きゅっとキャップを捻って開けてくれた。

「……ありがとう」

差し出されたそれを受け取り、礼を言う。

「どういたしまして」

今度華門は決まり文句？　を口にすると、テーブルに置いていた自身のペットボトルを取り上げ、水を飲んだ。

ああ、彼も水を飲むのか——一気にペットボトルを空にする華門を目の前に、彼が水を飲む姿も、ものを食べる姿も、シャワーを浴びる姿も、日常のすべての動作を見たことがなかったと改めて気づく。

かろうじてさっき、服を脱ぐところは見たが、と、そのときのことをぼんやりと思い出していた俺は、華門に声をかけられ、はっと我に返った。

「飲まないのか？」

「あ、いや、飲む」

答えてから、もしや華門はもっと水が飲みたかったのかなと気づいたので、手にしていたそれを彼に差し出す。

「なんだ？」

「いや、もっと飲みたいのかと思って」

「いや」

お前が飲め、と華門が微笑む。

「……うん……」

やはり、こうしたなんでもない会話は照れると思いながら俺はペットボトルに口をつけ、ごくごくと水を飲み干そうとした。

「……っ」

勢いあまって咳き込んでしまった俺に、華門が問いかけてくる。

「大丈夫か」

「……ああ」

少し零れてしまった、と手の甲で唇を拭《ぬぐ》う。と、華門がソファから立ち上がり俺の正面に立った。

「なに?」

両肩を摑まれ、どうした、と顔を見上げる。と、華門の唇がゆっくりと俺の唇へと向かって落ちてきた。

「ん……」

しっとりした唇の感触を味わえる、そんな柔らかなキスだった。こんなキスをしてもらったこともない気がする、と思わず目を見開くと、じっと俺を見下ろしていたらしい華門と目

が合った。

「……あ……」

反射的に身体を引いてしまったのは単に照れくさかったからなのだが、華門は俺のそんな行動をどう取ったのか、ぽんと両肩を叩くと、事務所内にある冷蔵庫へと向かっていった。

「飲んでもいいか？」

言いながら華門が冷蔵庫から取り出して見せたのは、スーパードライの五百ミリリットル缶だった。

「ああ、勿論」

頷いた俺に彼が問いかけてくる。

「お前も飲むか？」

「あ、うん」

またも初めての体験だと思いながら俺は頷き、先にソファに腰掛け華門を待った。

「ほら」

「ありがとう」

「どういたしまして」

ペットボトルのときと似たような会話が交わされたあとに、どさりと華門が俺の隣に腰を下ろす。

「乾杯」

「乾杯」

プルトップを上げているときにビールを差し出され、俺は慌てて持っていたビールを華門のそれにぶつけ応えた。

二人して並んで腰掛け、ビールを呷《あお》る。会話はなかったが、なんともいえない空気を今、俺は感じていた。

『和み』といおうか『団欒《だんらん》』といおうか——今まで華門との間にはなかった空気だ、と彼を見る。

「…………」

華門もまた俺を見返し、暫《しば》し見つめ合ってしまった。なんとも照れる、と目を逸らしビールを呷った俺は、ふと、『団欒』より前にしなければならない話があった、と思い出した。

「華門」

呼びかけるとビールを飲んでいた華門の視線がまた俺へと戻ってくる。

「なんだ」

「鹿園の兄を助けてくれたのは華門なんだろう？」

先ほど無視されてしまった問いを再び放つ。と、華門はビールに口をつけたあと、小さく「ああ」と頷いた。

「……狙撃手を殺さなかったんだよな？」

重ねて問いかけると華門はまたビールを飲んだあとに「ああ」と頷く。

「……それは……」

俺と同じ世界で生きてくれる、そういうことか、と確かめようとした俺の声を、華門の静かな声が遮った。

「林は香港に帰った」

「え？」

どういうことだ、と驚いて問い返した俺の方を見ようとせず、華門が淡々とした口調で言葉を続ける。

「逮捕された狙撃手の中には奴の側近もいた。そいつの口から自分の名前が出ることを恐れたんだろう。今回の来日は父親であるボスには内緒だったようだから」

「……え？」

俺のまったく知らない話を、華門はさも周知の事実のように話している。まさか彼は林の目的も知っていたのか、と俺は啞然として華門を見やった。

「当分はおとなしくしていると思う。あくまでも『当分は』だが」

華門がふっと笑い、飲み干してしまったらしい缶をぐしゃりと潰《つぶ》してテーブルに置く。

「……林と会ったのか？」

自分でもなぜそんな問いかけをしてしまったのかわからない。気づいたときには俺は身を乗り出し、華門の顔を覗き込んでいた。

「………」

華門が少し驚いたように目を見開き、俺を見下ろしたあとに、また、ふっと笑い、俺の手からほぼ空になっていた缶ビールを取り上げた。

「妬《や》いているのか？」

「え？」

近く顔を寄せ、囁いてきた華門はいつものポーカーフェイスで、とてもそんな言葉を告げるようには思えず、つい問い返してしまう。

が、問い返した途端、彼が何を聞いたのかを察した俺の頭にはかあっと血が上り、口が利けなくなった。

「な、なにを……っ」

あわあわとするばかりで言葉が一つも出てこない。

『妬いているのか？』

そんな恋人同士みたいな会話を華門とすることになるなんて、俺は夢でも見てるんじゃないか、と思っているうちに彼に唇を塞がれた。

「ん……っ」

先ほどとは違う、噛みつくような激しいくちづけに、頭の芯がくらりとなり堪らず華門にしがみつく。

「……ん……っ……んふ……っ」

痛いくらいに舌をからめとられ、呼吸が苦しくなり、喘ぐ。そんな俺の背に回った華門の腕が、上着をめくり上げ、シャツの上から背をせわしなく撫で回し始めた。

「……ぁ……っ……」

急速に欲情が煽られていくのがわかる。が、体力的にはちょっとついていけないかもしれない、と目を開いて華門を見る。

「……辛いか？」

華門が微かに唇を離し、問いかけてくる。行為の前にこんな会話をしたこともない、そう思ったときには俺の首ははっきりと横へと振られていた。

「……なら……」

華門が微笑み、俺をソファへと押し倒そうとする。そんな彼の胸に手を突き、俺は彼を寝室へと誘った。

「ベッドでしたい」

「…………わかった」

華門がまた、少し驚いたように目を見開いたあと、ニッと笑って身体を起こす。俺も体勢を整えようとしたが、気づいたときにはもう華門に抱き上げられていた。

「意外にタフだな」

苦笑するように笑う華門の首に縋り付き、ぎゅっと彼を抱き締める。

「…………」

耳元で華門の、ふっと笑う声が響く。その声に堪らない気持ちを募らせながら、俺はますます強い力で華門にしがみついていった。


俺がベッドでの行為を望んだ理由を、華門は察してくれたようだった。ベッドの上に俺を下ろすと、まず彼自身が服を脱ぎ始めてくれたのだ。

俺もまた自分で脱ぎ始めたが、シャツを脱ぐより前に華門は全裸になり、俺に覆い被《かぶ》さってきた。

「……早いな」

「そうか？」

コートやら上着やらシャツやら、あんなに着込んでいるのに、と驚いていた俺のシャツのボタンをあっという間に外し、スラックスを下着ごと脱がせて全裸に剝く。

「……あ、ごめん……」

俺の胸に顔を埋めてこようとした華門に、一応断っておいたほうがいいかもしれないと声をかける。

「なんだ？」

目を上げ問いかけてきた彼に俺は、なんと言おうかなと一瞬考えたあと、どう表現しても一緒か、と思い直し、伝えたかった言葉を告げた。

「多分、勃たないと思う」

「…………」

それを聞き、華門がぷっと吹き出す。

「わ……」

そんな顔を見たのも初めてだ、と思った瞬間、俺の口から思わず声が漏れていた。

「ん？」

華門がそれを聞きつけ、小首を傾げるようにして問いかけてくる。

「いや、なんでも……」

そんな顔だって初めてだよ、と思いつつ首を横に振るうちに、予想もしなかった事態が起こり始めた。今日はもう、何度達したかわからないために、勃つはずなどないと思っていた俺の雄が、びくん、と大きく震えたのだ。

「…………」

身体をぴたりと合わせているため、そんな俺の雄の反応はすぐ、華門に知れることとなったようだ。

「そうでもないようだな」

そう言い笑うと華門は、羞恥のあまり声を失っていた俺の胸に顔を伏せ、乳首を舐り始めた。

「ん……っ……あっ……や……っ……」

弄られ続けていた乳首は、少しの刺激にもすぐに勃ち上がり、華門の舌で舐られるたびに痛痒《いたがゆ》く疼《うず》いては俺を快感の淵《ふち》へと追い込んでいく。

もう片方の乳首を強く摘まれ、堪えきれない声を漏らすと、華門は目を上げ、にっと笑いかけてきた。

勃たないなんて嘘じゃないか、と言いたげな彼の視線もまた俺を昂める要因の一つだった。羞恥が欲情を煽るだなんて、どこの官能小説だよと自らにツッコミを入れたいが、実際に俺の雄はどんどん硬度を増し、早くも勃ち上がってきてしまっていた。

それを察した華門が乳首を弄っていた手をすっと下ろし、雄を握り込んだあとに亀頭の部分を親指と人差し指の腹で擦《こす》り上げてくる。

「駄目……っ……だ……っ」

勃起しただけでも驚きなのに、体力的なことを考えれば多分、一回しかいけないと思う。その『一回』を手淫で終わらせるのは嫌だ、と気づいたときには俺は首を横に振り、雄を握る華門の手を押さえてしまっていた。

「なんだ？」

今度は俺の意志は華門には伝わらなかったようで、意外そうな顔で問いかけてくる。俺はなんと言おうかと言葉を探したが、やはり、どう言おうと一緒か、と早々に諦め、己の望みを口にした。

「…………一緒に、いこう」

「…………」

華門の動きが一瞬止まる。顔を上げるとまたも彼は少し意外そうな表情をし、俺を見下ろしていた。が、目が合うとすぐに微笑み、頷いてくれる。

「わかった」

そう言い、身体を起こした彼が俺の両脚を抱え上げる。

「あ……」

既に彼の雄は勃ちきり、先端から先走りの液を零していた。それを見た瞬間、まさに慣用句にある『生唾を飲み込む』状態に陥った俺の喉がごくりと鳴る。

「……いくぞ」

きっとそれが聞こえたに違いない華門が俺に笑いかけてきた。

「あ……うん」

頷きながらも彼の逞しい雄に目が釘付けになる自分が、なんともあさましげで呆れてしまう。

が、そんな自分を恥じる余裕は既に俺から失われていた。弄られてもいないうちから逞しい雄の挿入を待ち侘びひくつく後ろが、俺から理性や思考を一切、忘れさせていたのだ。もどかしさから腰を捩った俺の両脚を抱え直した華門が、ずぶりと雄の先端を挿入してくる。途端に俺の雄はびくん、と大きく震え、一気に勃ち上がっていった。

「あっ」

ぐっと奥まで突き上げたあと、華門が俺を見下ろし、大丈夫か、というように様子を窺《うかが》う素振りをする。

「……ああ……」

大丈夫だ、と頷くと、華門はわかった、というように微笑み、やにわに腰の律動を開始した。

「あっ……はぁっ……あっ……あっ……あーっ」

奥深いところに突き立てられる彼の逞しい雄が、俺を一気に快楽の絶頂へと導いていく。

体力など既に限界であるはずなのに、気づけば俺も華門の腰の動きに合わせるよう、自ら腰を突き出してしまっていた。

「あっ……もうっ……あっあっあっ」

激しく腰をぶつけ合ううちに、次第に頭の中が真っ白になっていく。呼吸が苦しくなるほどに喘ぎながら、華門の背に両手両脚でしがみついたとき、うっすらと汗をかいていることに気づき、なんだか堪らない気持ちになった。

生きているのだから当然、激しい行為の最中には汗くらいかくだろう。が、掌に感じるその汗が、なんとも彼を人間くさく感じさせ――ってもとから人間ではあるが――それが俺の胸に感慨を呼んだに違いなかった。

俺も華門も、同じ――そう、同じ世界、同じ空間に存在している、同じ人間なのだと思うと、酷く嬉しくなってしまい、そんな彼を更に感じていたいと、それまで以上に激しく腰をぶつけていく。

「あぁっ……っ……華門……っ……華門……っ」

喘ぎの合間に彼の名を呼ぶ。と、華門は腰の動きはそのままに俺を見下ろし、にっと笑いかけてくれた。

「あぁ……っ」

その笑顔を見た瞬間、なんと俺は達してしまった。

「……え……？」

誰にも触れられていないというのに、と唖然としている中、華門もまた同時に達したようだ。

「……っ」

抑えた声を上げ、俺の上で伸び上がるような姿勢になったそのとき、中にずしりとした精液の重さを感じ、堪らず俺もまた低く喘いでしまっていた。

「あぁ……」

我ながら満足げな喘ぎが酷く照れくさく、こほん、と咳払いをする。と、華門が俺を見下ろし、くすりと笑ったかと思うと、こう問いかけてきた。

「……よかったか？」

「…………ああ」

そんな問いかけをされたこともなかった、と戸惑いながらも頷くと、華門は、

「そうか」

と笑い、身体を離した。

「……あ……っ」

ずるり、と彼の萎《な》えた雄が抜かれる感触に、なやましいとしかいえないような声が唇から漏れる。

「なんだ、まだしたいのか」

「ち、違う」

再び腰を抱き寄せられそうになり、俺は慌てて首を横に振り、

「もう無理だ」

とギブアップを宣言した。

「まあ、そうだろうな」

苦笑するように笑った華門が、「水を飲むか？」と聞いてくる。

「……うん」

欲しい、と頷くと華門は「待ってろ」と言葉を残し、そのあたりに落ちていた下着を素早く身につけ、寝室を出ていった。

「…………」

バタン、とドアが閉まった瞬間、俺の口からは自分でも理由のよくわからない溜め息が漏れていた。

それまで彼の声音やちょっとした眉の顰め方などで感情をはかっていた今までが嘘のように、華門の顔が表情豊かになっている。

どうしたことか、と戸惑いを覚えつつも、それが嬉しくて堪らず、つい笑みが零れる。と、そのときドアが開き、ミネラルウォーターのペットボトルを一本手にした華門が戻ってきた。

「……あ、悪い」

その一本を差し出してきた彼に、水を飲みたいのは俺だけだったのかという思いから謝ると、華門は微笑み首を横に振ったあと、ベッドに腰を下ろした。

彼の視線を浴びながらペットボトルのキャップを開け、ごくごくと水を飲む。

「まだ飲むか？」

ほぼ一気飲みをしてしまった俺に華門が問いかけてきたのに、いらない、と首を横に振ると、彼は俺の手から空のペットボトルを取り上げサイドテーブルへと放ってくれた。

「ありがとう」

「どういたしまして」

いつものやりとりとなったことで、なんとなく顔を見合わせ笑ってしまう。さすがに体力の限界を感じ、けだるさから再び俺は仰向けに横たわったのだが、それを見た華門がなんと、俺の隣に身体を滑り込ませてきた。

「…………」

思わず目を見開き、彼を見る。

「どうした？」

華門は自分の行動に、少しの疑問も抱いていないようで、何を驚いている、というように問いかけてきた。

「……いや、なんでも……」

戸惑いはしたが、やはり嬉しさが勝った。それゆえ彼の胸に身体を寄せた俺の背を、華門がそっと抱き寄せてくる。

「…………」

恋人同士みたいだな、と微笑みながら、華門の酷い傷痕の残る胸に顔を埋める。規則正しい鼓動の音に耳を傾けているうちに、だんだんと眠くなってきた。

「……華門……」

夢心地のまま、彼の名を呼んでみる。

「なんだ？」

彼の低い声が頭の上で響くのと同時に、頬を押し当てた胸から震動となって伝わってきた。

ああ、なんかこういうのは、いいなあ——自然と笑ってしまっていた俺の背を、華門の力強い腕が抱き寄せる。

「……なんだ？」

再び問いながら、華門がもう片方の手で俺の髪を梳《す》いてくれる。おっかない銃を振り回す指とは思えぬ繊細さを見せるその動きに、ますます、いいなあ、という思いを募らせながら俺は、彼の胸に深く顔を埋めた。

「…………」

華門は何も言わず、俺の背を抱き寄せ、髪を梳き続けてくれている。幸福感と安堵感が相《あい》

俟《ま》って、俺を安らかな眠りの世界へと導いていく。

ああ、でも眠る前に、ちゃんと礼を言わなければ、と半分寝ぼけた状態で俺は口を開いた。

「華門……ありがとう」

「……なに？」

華門の訝しげな声が、彼の鼓動の音と共に耳に響く。

「……ボディガードを引き受けてくれて」

そう言うと華門は、くす、と笑ったきり何も言わず、ぐっと俺の背を抱き締めてきた。そのときふと俺の頭に、鹿園や鹿園の兄に、命を救ってくれたのは彼だ、と打ち合けたいという願望が立ち上った。

「……いつか、鹿園たちにお前を紹介したいな……」

睡魔が思考力を著しく落としている今、頭で考えたことがぽろりと口から零れ出る。言うつもりはなかったのだけれど、と自分の声を聞きながらそう言い訳しようとした俺の耳に、また、くす、と笑う華門の声が響いた。

「無茶を言うな」

「…………」

無茶じゃない、と言いたかったが、最早眠りの世界に半分足を突っ込んでいた俺の口が動くことはなかった。微かに首を横に振った記憶を最後に、古傷の残る華門の逞しい胸に顔を埋め、彼の鼓動の音に包まれる幸せを感じながら眠りについてしまったようだった。

ピンポーン、ピンポーン、と連打されるドアチャイムの音が俺を眠りの世界から呼び戻した。

「…………………」

目を開くと既に室内は明るく、枕元の時計を見ると午前九時を回ったところである。寝坊した、と慌てながらも起き上がった俺の頭に、華門の顔が浮かんだ。

「あ」

再度周囲を見回し、彼の姿がないことを確認する。いつの間に帰ってしまったのか、と、ベッドサイドのテーブルの上に、綺麗《きれい》に畳まれておいてある俺の服を暫し眺めてしまっていたのだが、またもピンポンピンポンとやかましく鳴り始めたドアチャイムが俺の思考を遮った。

「……誰だよ」

慌てて華門が畳んでくれていた服を身につけ、事務所へと走る。そのときにはチャイムだけじゃなく、ドンドンと激しくドアまで叩かれていた。

「大牙！　開けてくれ！」

「鹿園？」

この声は、と思いながらドアを開く。途端に俺の身体を押しやるようにして鹿園が事務所の中へと入ってきた。

「大牙、ちょっといいか？」

「え？　あ、ああ」

頷き彼の背後を見ると、その場には数人の男に囲まれた鹿園の兄がいて、俺に向かい「おはよう」と会釈をして寄越した。

「あ、おはようございます」

どうぞ、と中へと招きながらも、しまった、と慌てて背後を振り返る。

昨日、華門と飲んだビールの缶を片づけてなかった、と思ったからなのだが、振り返った事務所は、びっくりするほど綺麗に片付いていた。

「……え？」

俺はそう掃除が得意なほうじゃないので、デスクの上やら本棚やらは常に雑然としているのだが、それが嘘のように綺麗に整理整頓されている。一体どうして、と目を見開いていた俺の横で、鹿園もまた驚きの声を上げていた。

「どうしたんだ、大牙。大掃除でもやったのか？」

「いや、その……まあ、どうぞ」

整理整頓してくれた人間の心当たりは一人しかいない。そいつはご丁寧にコーヒーメーカーをもセットしてくれており、薫り高いコーヒーが既にできあがっていた。

「コーヒーでもいれましょう」

鹿園を、そして兄と周囲の男たち――おそらく刑事だろう――を中に招く。が、室内に入ってきたのは鹿園と兄のみで、男たちは外で待機するようだった。

「今日のコーヒー、美味《うま》いな」

鹿園が感心した声を上げ、兄もまた「美味《おい》しいね」と微笑みかけてくる。

「……ありがとうございます……」

本当にあいつは――華門は、何をやらせても器用だ、と感心しつつ俺もコーヒーを一口飲み、確かに美味しい、と感嘆の息を漏らした。

「昨夜、帰ってから片づけたのか？」

コーヒーを飲みながら鹿園が、ちらと探るような視線を向けてくる。

「え？　ああ……」

非難めいた響きを感じさせるその問いの意味に、最初俺は気づかなかったのだが、すぐ、そういや昨夜俺は鹿園の家を、体調不良を理由にほぼ強引に辞したのだったと思い出した。

その前には皆がいるのに泣いてもしまったのだった、とそこまで思い出し、一気に羞恥に囚《とら》われる。

「……ほんと、申し訳ない。昨日はなんだか体調も情緒も不安定で……」

言い訳にもならない言葉をぼそぼそと告げる俺に、鹿園兄が親切な言葉をかけてくる。

「もう、体調はいいのかな？」

「あ、はい、大丈夫です」

すみません、と再度謝りはしたが、こんな早朝に——って九時では『早朝』とはいわないか——あれだけピンポンピンポンドアチャイムを鳴らし、二人してここを訪れた理由は、まさか俺の体調を気遣ってのことではあるまい、と思い、鹿園を見た。

「大丈夫ならよかった」

ほっとした顔になった彼に、「あの」と疑問をぶつけてみる。

「で、なんか用だったのか？」

「ああ、そうだ！」

途端に鹿園がはっと我に返った顔になったかと思うと、身を乗り出し、声を潜めるようにして俺に『用件』を話し始めた。

「昨日、兄を狙撃した連中の取り調べを行った。彼らはお前の言うとおり、香港マフィア、林の部下だった。林はすぐに指名手配したが、既に国外に逃亡しているようだ」

「……そうか……」

その話はもう、昨夜のうちに華門から聞いていたため、驚きはなかったが、『知ってる』と言うこともできず神妙な顔をして頷く。

しかし、そのことをわざわざ報告するためにここへ来たのか、と内心首を傾げていた俺だが、続く鹿園の言葉には心底仰天し、思わず大きな声を上げてしまったのだった。

「狙撃手から聞き出したのは、林の名だけじゃないんだ。彼らが言うには、自分たちを撃ったのは、J・K——殺し屋、華門饒だと」

「なんだって⁉」

目を見開いた俺に向かい、更に身を乗り出した鹿園がじっと目を見据えながら問いかけてくる。

「林とJ・Kはかつて、同じ組織にいたそうだ。正確には林の父がボスをしている団体にJ・Kが所属していたという。今回の兄狙撃は、J・Kと林との確執が原因だという人物がいた。金《キン》という名の、林の傍《そば》近くで仕えていたという男だ」

「……っ」

金という名には聞き覚えがあった。三ヶ月前、林に命じられ俺を撃とうとしていた男だ。昨夜華門が言っていた、『林の側近の人間も逮捕された』というのは彼のことだったのか、と心の中で納得しつつも、まさか華門の名まで出ようとは、と密かに動揺していた俺は、不意に鹿園に肩を摑まれ、はっとして彼を見やった。

「……それだけじゃない。金が言うには、大牙、お前とＪ・Ｋは繋がっているというが、本当なのか？」

「ええ⁉」

今度こそ俺は仰天し、先ほど以上の大声を上げてしまっていた。

「今回Ｊ・Ｋが自分たちを妨害したのも、お前に頼まれたからではないかと金は言っている。それは本当なのか？　お前はＪ・Ｋと何かかかわりがあるのか？」

「……それは……」

真剣この上ない鹿園の視線から、目が逸らせなくなる。

『知らない』

それが一番、差し障りのない回答だろうとわかってはいたが、首を横に振ることを俺は躊躇ってしまっていた。

『今まで隠していて悪かった。Ｊ・Ｋとはもう、半年くらい前から連絡を取り合っている』

『お兄さんを助けてくれとお願いしたのは俺なんだ』

『そもそもお兄さんが狙われたのは、俺のせいなんだ』

正直に打ち明けてしまいたい――その衝動が今、俺の胸の中でむくむくと湧き起こっていた。

結果、鹿園との友情を失うことになるかもしれない。警察官の彼は、殺し屋と俺がかかわっていると知った時点で、非難の眼差《まなざ》しを向けてくることだろう。

その上、俺は今まで彼に何度もJ・Kとのかかわりを尋ねられてきた。そのたびに『知らない』と答えていた、それも責められるに違いない。

だが鹿園とは十年近く培ってきた友情がある。きっと最後にはわかってもらえるはずだ。

そう信じるしかない、と心を決め、口を開こうとしたそのとき――。

「大牙ーっ」

いきなり、ノックもなく事務所のドアが物凄い勢いで開いたかと思うと、俺の名を呼びながら一人の男が弾丸のような勢いで飛び込んできたものだから、俺も、そして鹿園兄弟も、それまでの話題を忘れ突然の闖入《ちんにゅう》者に思わず注目してしまった。

「兄貴……」

泣きながら部屋に飛び込んできたのは――俺の兄貴、見た目は二十歳《はたち》そこその美青年だが、実年齢は三十八歳、ビッチの名を恣《ほしいまま》にしている凌駕《りょうが》だった。

「大牙ー！　会いたかったよう〜！」

トランクをその辺におっぽり出し、俺にしがみついてくる兄の背を抱き締めながら、またか、と思いつつ問いかける。

「……また、失恋したのかよ？」

「『また』ってなんだよう〜！」

涙に濡《ぬ》れた顔を上げ、兄が俺を睨《にら》み付ける。と、そのとき向かいのソファに座っていた鹿園兄の冷静極まりない声が室内に響いた。

「祐二郎、なんだか取り込んでいるようだ。出直すことにしないか？」

「え？」

鹿園が兄に問い返す。と、俺に抱きついていた兄が声のほうを見やり、はっとした顔になった。

「ご、ごめんなさい……っ。僕、大牙の兄の凌駕といいます。どうぞお話、続けてください……っ」

それまでの泣き喚《わめ》きようはどこへやら、最早死語ではないかと思われる『ぶりっこ』仕様で、兄が鹿園兄を上目遣いに見やる。

「……あ……」

鹿園兄が、俺の兄貴を見返す、その顔がみるみるうちに赤らんでいくのを、俺は信じがたい思いで眺めていた。

「失礼しました。私、鹿園理一郎といいます。祐二郎の兄です」

いきなり自己紹介を始めた兄を、鹿園もまた啞然とした顔で見ている。

「あ、ロシアンのお兄様でしたか。はじめまして。理一郎さんって呼んでもいいですかあ？」

「勿論。あなたのことはなんとお呼びしたら？」

「凌駕、と呼んでください。あ、『りょー』でも『ハニー』でもいいですよう」

いきいきと会話を続ける二人を前に、俺と鹿園は思わず顔を見合わせ、溜め息をついた。

「それじゃあ、凌駕さん、何を泣いていらしたのですか？」

「いやん、『さん』はいりませんよう。僕も理一郎って呼んでいい？」

「凌駕、勿論オッケーだよ」

「理一郎、よかったらこれから、どこか外にいかない？　あなたのこと、もっと知りたいから」

「ちょ、ちょっと兄さん、俺たち、今、とっても大事な話をしてるところだからさ」

鹿園もそうだが、おそらく鹿園兄も、その育ちのよさを思うと、性的には純粋培養——俺の兄のようなビッチとは知り合う機会もなく今まで生きてきたに違いない。

奥さんとのこともあるし、百戦錬磨の兄の餌食《えじき》にさせるのはあまりに気の毒だ、と俺は妨害を試みたのだが、鹿園兄自身がそれを拒絶した。

「いや、私の話はもう終わったよ」

鹿園兄はあっさりそう言うと、弟の鹿園と俺に向かい、にっこりと、それは晴れやかな笑みを浮かべてみせた。

「私はこれで失礼する。林が香港に戻ったのならもう、護衛はいらない。それじゃ」

「に、兄さん」

鹿園がいつになく取り乱し、彼の兄に縋り付く。

「冷静になってくれ。まだ義姉さんとの離婚も成立してないだろう？」

「華代からは今朝方、離婚届けを区役所に提出したという連絡を貰《もら》っているよ。それでは」

傍目《はため》で見ていて、ちょっとドン引きしてしまうかもと思うほどのブラコンぶりを見せていたとは思えぬそっけなさで、鹿園兄は鹿園を振り切ると、

「それじゃ、大牙、またあとでね」

と、語尾にハートマークがつきそうな勢いでウインクしてきた俺の兄貴の腰のあたりに腕を回し、二人ルンルンと——これも死語か——事務所を出ていってしまった。

「兄さん……」

鹿園が呆然とその場に座り込み、頭を抱える。

「…………」

まさに嵐のような出来事に、俺もまたついていかれないものを感じながらも、不肖の兄のおかげで鹿園の頭から、華門と俺との繋がりを追及せねばという考えが消え失《う》せていることに、密かに感謝の念を抱いていた。

これからゆっくりと、変えていけばいい——華門と俺との関係も。それを周囲に理解してもらうことも。

一気に推し進めようとするときっと無理が出るに違いない。

だからこそ、ゆっくりと、慎重に進めていきたい。いつか鹿園やその兄に、そして俺の兄貴や春香、そして麻生に、華門を紹介できる日を目指して、と一人拳を握り締める俺の耳に、華門の苦笑が蘇る。

『無茶を言うな』

決して無茶じゃないと思う、と幻の華門に向かい密かに頷く。いつの日にかこの事務所で、呼んでもいないのにやってきた春香や麻生、それに鹿園や俺の兄貴と一緒に、つまらないことで笑い合っている華門の姿を夢見つつ、今は兄を奪われた衝撃に打ち震える鹿園を慰めねばと俺は、彼の背中をよしよし、と抱き締めてやったのだった。

ガールズトーク

「それじゃ、凌駕《りょうが》、取りあえずお帰りってことで。かんぱーい！」

「かんぱーい！」

「取りあえずってなんだよう」

春香《はるか》の『乾杯の発声』に、麻生《あそう》が明るく唱和し、兄貴が不満げな声を上げる。

今、俺を含めたこの四人がいるのは春香の家であり、久々に帰宅した兄貴の『お帰りなさい会』をやりましょうという心優しい彼の声がけで集まったというわけだった。

「だってあんた、またいついなくなるかわからないじゃない」

その辺のレストランより断然美味《うま》いと自他共に認める料理自慢の春香が、それぞれの皿に取り分けてくれながら、兄貴に向かい悪態をつく。

「そうそう。『自分探しの旅』だっけ？　ちゃんと探せたのお？」

春香の横で麻生もまた意地の悪い声を出すのに、兄貴は、

「イーッだ」

と、とても三十八歳とは思えない子供じみた態度で答えてみせたあと、何を思ったか、うふふ、とほくそ笑み、手にしたワインをぐびっと飲んだ。

「……なによ、その顔」

「あー、あんた、また新しい男、見つけたんでしょう」

訝《いぶか》しげな顔をした麻生の横で、春香が抜群の勘の良さを発揮する。

「うふふふふー」

兄貴はそう含み笑いをすると、

「おかわり！」

と空になったワイングラスを春香に差し出した。

「……兄貴、春香さん、料理取り分けてくれてるんだから……」

自分で注げ、と注意しつつも、ついつい溜め息《たいき》が漏れそうになるのは、兄貴の『新しい男』を憂えたためだ。

勿論、兄貴のためを思ったわけではなく、この不肖の兄とかかわることになったことに対し、相手とその身内を思いやった溜め息なのだが、既に『恋する男』となった兄貴は俺の言うことなどまるで聞いちゃいなかった。

「もう一回、乾杯しようよ。僕の幸せを祈って！」

「なんであんたの幸せ、祈らなきゃならないのよ」

「てかあんた、今幸せなの？　今日帰ってきたばっかりでしょ？」

明るい声を上げる兄貴に、麻生と春香、それぞれがツッコミを入れる。

「うん。当分、日本にいることになるかな〜」

そんな二人に対し、余裕綽々《しゃくしゃく》の笑みを向けた兄貴は、やれやれ、と溜め息をついた俺へと輝くようなその笑顔を向けてきた。

「ね、大牙」

語尾にハートマークがつきそうな呼びかけに、またも、はあ、という大きな溜め息が俺の口から漏れる。

「ちょっとトラちゃん、あんた、凌駕の相手が誰か、知ってるの？」

春香が料理などそっちのけで身を乗り出し、俺に尋ねてきた横で、麻生が、

「まさか！」

と顔色を変える。

「ちょっと凌駕！　あんた、マイスイートに手を出したんじゃないでしょうねっ」

真っ青になった麻生が兄貴に食ってかかったのは、俺のリアクションを見て相手が彼の『マイスイート』――鹿園《しかぞの》ではないかと推察したためらしかった。

相変わらずの勘の良さだが、惜しい、と俺が首を横に振ったのと、

「恭一郎《きょういちろう》のマイスイートって誰？」

と、兄貴が脳天気な声を上げたのが同時だった。

「僕、ショタコンじゃないし、それはないな」

「時空を越えた『マイスイート』よ」

兄貴に春香が解説する。『時』は越えているが『空』は越えてるか、と、そんなどうでもいいところに首を傾《かし》げるのは俺ばかりで、やはり勘の良さでは麻生に勝るとも劣らない——喋り方が幼いせいで、頭の中身も幼く見られがちな兄ではあるが、俺なんかとは比べものにならない有能な探偵としての能力を実は持ち合わせているのだった——兄貴が、ああ、と納得した声を上げた。

「ロシアンのこと？　違うよう」

「なんだ、違うの」

麻生がほっと安堵《あんど》の息を吐いたのも束の間、兄貴が彼に、それは意地の悪い顔で毒を吐く。

「だってロシアンは大牙《たいが》にベタ惚れだもん」

「ベタ惚れじゃないだろ」

麻生に対する嫌がらせに巻き込まないでほしいと、俺が上げた抗議の声と、

「キーッ！　くやしいーっ」

という麻生の金切り声がシンクロして室内に響く。

「それより誰なのよ。凌駕の新カレって。アタシたちが知ってる人なの？　そうよね？」

と、ここで春香が話題を戻し、興味津々といった顔で兄貴と俺に問いかけてくる。

「うふふふふー」

兄貴はまた含み笑いをするだけで、答えようとしない。自然と春香の問いは俺に集中することとなった。

「誰よ、トラちゃん。キリキリ白状しなさいっ」

「相手がロシアンじゃなきゃ、誰でもいいわ〜」

麻生はすっかり聞く気を失ったようで、携帯を取り出し、待ち受けにしている『マイスイート』のスクール水着写真をうっとりと眺めている。

「………それが………」

兄貴が答えないのに俺が答えていいものか、という気遣いをしたわけでは勿論ない。できることなら『なかったこと』にしてもらいたいと切望していた俺の口は重かったのだが、前述のとおり勘の良い春香は、兄貴の新カレを自ら悟ってしまったようだった。

「もしかして……ダルメシアンじゃない？」

「なに、ダルメシアンって」

兄貴がきょとんとして問い返す中、携帯の待ち受けに見入っていた麻生が「うっそ！」と仰天した声を上げる。

「ロシアンのお兄さんよ」

「えー。ダルメシアンって百一匹わんちゃんでしょ？　似てないよう」

春香の言葉に不満そうに答えたことで、兄貴は新カレが誰なのかを認めてしまったようなものだった。

「嘘でしょう？　だって、ダル、奥さんいるんじゃなかった？　やな女だそうだけどさあ」

「きゃー、不倫？　やめときなさいようっ」

春香と麻生が騒ぐ中、

「ダルにも似てないよう」

と兄貴は口を尖らせると「それに」と言葉を続けた。

「奥さんとは今朝、離婚が成立したって言ってたから、不倫じゃないもん」

「……今朝……」

「……早すぎない？」

春香と麻生が唖然とするのに、

「不倫じゃないならいいでしょう」

と兄は胸を張ってみせたあとに、何を思ったのか俺をじっと見つめてきた。

「なんだよ」

睨む、といってもいい兄貴の視線の意味がわからず問い返すと、

「だって」

とぶりっこよろしく——兄が俺相手にぶりっこする意味はないので、これは天然のなせる技だと思う——可愛らしく口を尖らせる。

「理一郎《りいちろう》、大牙のことばっかり聞くんだもん」

「……え？」

意味がわからず問い返すと、兄貴はいかにも不満そうに俺に食ってかかってきた。

「理一郎の話題の八割がロシアンのことで、七割が大牙がどんな弟だったかってことなんだもん。僕にはあまり興味ないみたいで、それがむかつくんだよね」

「……ちょっと待ちなさいよ、凌駕。八割と七割足したら、十五割になるじゃないの」

馬鹿じゃない、と揶揄《やゆ》する春香に兄貴が、

「だってそうなんだもん！」

と、強引な相槌《あいづち》を打ったあと、またも俺を睨みながら、滔々《とうとう》と不満を喋り始める。

「ロシアンが子供の頃、どれだけ可愛かったかとか、興味ないのに延々話すんだもん。ロシアンが転んで膝小僧すりむいた話なんて、僕、興味ないよう」

「アタシはめちゃめちゃあるわっ！」

と、ここで麻生が出張ってきたため、場は混乱を来すこととなった。

「なんで？　なんですりむいたの？　どこで転んだの？」

「だから興味ないんだってばあ」

鼻息荒く問いかける麻生に、兄貴が辟易《へきえき》した声を出す。

「そう言わずに教えてあげなさいよ」

春香が麻生に加勢したのがどうやら気に入らなかったらしく、今度兄貴は春香に絡み始めた。

「春香はいいよね。いつだって君人《きみと》とラブラブだもん」

「おほほほほほー。そうよ。ねえ、聞いてよ、最近、君人がバイト増やしたの、なんでだと思う？」

だが春香のほうが一枚上手だったようで、兄貴の嫌みを自慢で返す。

「知らない。そんなの」

「もうすぐ、初めてキスした記念日だからって、あの子、アタシと一緒に旅行したいんですって。来週から沖縄、いってくるわ。その旅行資金を貯めるために寝る間も惜しんで働いてるって、可愛くない〜？」

「可愛いー！」

「可愛くなーい！」

麻生が共感し、兄貴がジェラシーゆえ異議を唱える。

「ま、アンタも頑張んなさいよ」

春香がここで余裕を見せたのも気に入らなかったようで、兄の攻撃は今度、麻生へと向かっていった。

「恭一郎もせいぜい頑張ったら。でも、ロシアンの気持ちは大牙にあるけどねー」

「うるさいわねえっ！　わかってるわようっ」

麻生が兄貴を怒鳴りつけ、じろり、と俺を睨む。

「ご、誤解ですよ。俺と鹿園はただの友人ですし」

ライバル視されてはたまらない、と慌てて否定した俺に、なぜか春香が絡んでくる。

「えー、本当？　だったらトラちゃん、なんで昨日、泣いたのよ」

「え？」

問い返したと同時に、確かに昨夜、春香や麻生、それに鹿園とその兄の前でみっともなくも泣いてしまったときの光景が蘇《よみがえ》り、穴があったら入りたいほどの羞恥《しゅうち》に襲われる。

「そうだったわ！　トラちゃんの涙の理由を、きっちり聞かせてもらおうじゃないの」

息巻く麻生の横では、

「えー、大牙、泣いたの？　大人なのにみっともない」

と兄貴が呆れてみせる。

「いや、泣いてないし」

「うそよ。泣いたわ」

「大牙ちゃんが泣いたのにはやっぱり、マイスイートがかかわってるんじゃないの？」

誤魔化そうとしたが、春香も麻生も俺などが太刀打ちできる相手ではない。

「うーん、でも、大牙はロシアン以外に彼氏がいると思うんだよね〜」

彼ら以上に太刀打ちできない兄貴に図星を指され、う、と言葉に詰まる。それをまた春香と麻生が大仰に騒ぎ立て始めた。

「うっそ、マジ？　トラちゃん、彼氏いるの？　どんな子よ？　親代わりのアタシに隠すなんて酷いじゃない？」

「普段からいいように人のこと利用してるくせに、肝心なことは喋らないってどうなのよう」

「そうそう、大牙、お兄ちゃんにだけは好きな人のこと、打ち明けてよう」

兄貴までもがそう訴えかけてくる中、俺の中ではこの機会に『彼氏』を皆に紹介するべきか、はたまた別の機会に見送るべきかという葛藤が繰り広げられていた。

将来的には勿論、兄貴にも、そして春香や麻生にも、華門《かもん》を紹介したいと思っている。好きな相手には、自分が信頼し、心通わせる仲間とも打ち解けてほしいから――という思いを抱いてはいるが、まだその時期ではないだろう。

第一、『好きだ』という自覚を俺自身が持ったばかりなのだから、と思う俺の脳裏に、華門の顔が浮かぶ。

『無茶をするな』

彼の苦笑を、そして俺を労ってくれる優しい声音を、安心感を呼び起こす鼓動の音を、いつしかうっとりと思い起こしていた俺の耳に、鋭いことではおそらくこの中でピカ一の兄貴の意地の悪い声が響く。

「あー！　大牙が思い出し笑いしてるー！　やらしー」

「な……っ」

思わず絶句した俺に、

「大牙ちゃん、いい加減、白状しなさいよう！」

「ロシアン以外にちゃんと彼氏がいるって、どうかアタシを安心させて頂戴！」

と、春香と麻生が叫ぶ。

「いや、だから、いませんって」

紹介するのにもう少しだけ、時間をくれ、と思いつつ嘘を答える俺の脳裏にはそのとき、おそらく近い将来、春香や麻生、それに兄貴に華門を紹介している己の姿が――そして、華門に対し、いつものごとく少しも物怖じしない態度で接する彼らの姿が浮かんでいた。

あとがき

はじめまして&こんにちは。愁堂れなです。

このたびは二十五冊目のルチル文庫『昼下がりのスナイパー・危険な遊戯』をお手に取ってくださり、どうもありがとうございました。

JKシリーズも早三冊目となりました。謎の殺し屋、J・Kこと華門饒と、もと刑事の探偵、大牙の恋愛に、カマカマネットの春香や麻生、それにお兄さんたちが絡むという、コメディタッチの本作を、皆様に少しでも楽しんでいただけましたら、これほど嬉しいことはありません。

イラストは勿論、奈良千春先生です。一枚一枚それぞれにストーリーがあるモノクロイラストに今回も大感激しています。大変お忙しい中、素敵なイラストを本当にどうもありがとうございました。

また、大変お世話になりました担当のO様をはじめ、本書発行に携わってくださいましたすべての皆様に、この場をお借りいたしまして心より御礼申し上げます。

最後に何より、本書をお手に取ってくださいました皆様に御礼申し上げます。

このシリーズは本当に楽しみながら書かせていただいているのですが、皆様にも楽しんでいただけているといいなとお祈りしています。

今回、二人の関係が少しだけ進んだかな？　という感じですが、いかがでしたでしょうか。また、鹿園がだんだん変な人になっていくような気がしてるのですが、皆様に嫌われないといいなと祈ってます。

よろしかったらどうぞ、ご感想をお聞かせくださいね。心よりお待ちしています！

ＪＫシリーズ、続きはちょっと先になりますが、再来年に発行していただける予定です。どんなお話にしようか、楽しく悩みたいと思ってます。

次のルチル文庫様でのお仕事は、来月『花嫁は三度愛を知る』（イラスト：蓮川愛先生）を発行していただける予定です。こちらは先月発行の『花嫁は二度さらわれる』の続編となります。よろしかったらどうぞ、お手に取ってみてくださいね。

また皆様にお目にかかれますことを、切にお祈りしています。

平成二十三年三月吉日

愁堂れな

（公式サイト『シャインズ』http://www.r-shuhdoh.com/）

✦初出　昼下がりのスナイパー　危険な遊戯…………書き下ろし
ガールズトーク ……………………………書き下ろし

愁堂れな先生、奈良千春先生へのお便り、本作品に関するご意見、ご感想などは
〒151-0051 東京都渋谷区千駄ヶ谷4-9-7
幻冬舎コミックス　ルチル文庫「昼下がりのスナイパー　危険な遊戯」係まで。

幻冬舎ルチル文庫

昼下がりのスナイパー　危険な遊戯

2011年3月20日　　第1刷発行

✦著者　愁堂れな　しゅうどう れな

✦発行人　伊藤嘉彦

✦発行元　株式会社 幻冬舎コミックス
〒151-0051 東京都渋谷区千駄ヶ谷4-9-7
電話 03(5411)6432[編集]

✦発売元　株式会社 幻冬舎
〒151-0051 東京都渋谷区千駄ヶ谷4-9-7
電話 03(5411)6222[営業]
振替 00120-8-767643

✦印刷・製本所　中央精版印刷株式会社

✦検印廃止

ISBN978-4-344-82198-9　C0193　Printed in Japan

『花嫁は二度さらわれる』
愁堂れな
イラスト 蓮川 愛
ヨーロッパを震撼させる怪盗「blue rose」の、次の犯行の舞台は日本――。ICPOの警護協力に抜擢されたのは、若くして警視に昇進し〝高嶺の花〟と称される美貌の持ち主・月城涼也だった。だが、彼の前に現れたグリーンの瞳が印象的なICPOの刑事・キースに「ボーヤ」とからかわれ、さらに二人でツインルームに一泊する羽目となり――!?
580円（本体価格552円）